花·悟

立体架构在花艺中的应用

倪志翔 著

化学工业出版社
·北京·

本书为“亚洲杯”花艺大赛神秘箱比赛第一名获得者——倪志翔的新作。本书对当前的东西方花艺的分类进行了大胆的新的论述，提出了新的概念。由此对花艺作品形态的分类和构图要素进行了图文并茂的分析和阐述，并附专为本书创作的百幅全新作品图片，以供参考和借鉴。

本书适合花艺界专业人士及花艺爱好者阅读参考。

图书在版编目（CIP）数据

花·悟——立体架构在花艺中的应用/倪志翔著.—北京：化学工业出版社，2008.3
ISBN 978-7-122-02155-7

Ⅰ.花…　Ⅱ.倪…　Ⅲ.插花-装饰美术　Ⅳ.J525.1

中国版本图书馆CIP数据核字（2008）第022606号

责任编辑：朱颖丽　王蔚霞　　装帧设计：朱颖丽　王晓宇
责任校对：周梦华

出版发行：化学工业出版社（北京市东城区青年湖南街13号　邮政编码100011）
印　　刷：北京彩云龙印刷有限公司
装　　订：三河市万龙印装有限公司
889mm×1194mm　1/16　印张9¼　2008年4月北京第1版第1次印刷

购书咨询：010-64518888（传真：010-64519686）　售后服务：010-64518899
网　　址：http://www.cip.com.cn
凡购买本书，如有缺损质量问题，本社销售中心负责调换。

定　　价：108.00元

序一

艺术是人类生活的真实体现，是社会面貌和时代精神的反映与写照。如今，人类社会已进入了21世纪，这是一个经济全球化的崭新时代，是科学技术、网络信息腾飞发展的时代，也是世界文化格局风云变幻，各种文化艺术潮流相互激荡，相互交流与融合的时代。文化艺术赖以生存发展的经济基础、体制环境和社会条件都发生了深刻的变化，作为文化艺术中小小奇葩的插花花艺艺术，该如何应对这一新时代的变化，如何顺应世界文化艺术发展潮流，进行改革和创新，使其更好地适应时代的发展和现代环境建设的需要，更好地满足当代人民群众的精神文化需求，这是我们业内人士必须认真思考与积极应对的事。求变创新，是文化艺术得以繁荣发展，富有生机的动力，也是创作者追求的最高境界。那么，我们的中国插花艺术究竟应当如何改革求变，如何创新呢？为此，多年来全国各地的插花花艺师，特别是年轻的插花花艺师们激情昂扬，努力学习和钻研，为形成中国现代插花花艺的新风格、新特点，为建立中国现代插花艺术的新体系做出了积极有效的探索、尝试和耕耘，并取得了长足的发展，如刘飞鸣和乌帆的“雷雨”、“走进拉萨”和“萧瑟秋风今又是”，薛立新的“三阳开泰”，孙炜的“晨光秋韵”等作品都是充满了中国元素和中国情结的现代插花花艺创新之作。

今天又先赏为快地浏览了倪志翔的又一新作《花·悟——立体架构在花艺中的应用》，非常高兴，从这本书中让我感觉到中国现代插花花艺成长发展的铿锵脚步愈来愈近，年轻的中国现代插花花艺师队伍正在茁壮成长。他们不仅积极创作实践，而且勤于理论学习和钻研，注重设计思维创造能力的提高，值得赞扬。更让我惊喜的是，在本书的百余幅作品中，看到了中国现代插花花艺新风格、新特点的日益凸现。

线条运用是中国传统艺术的主要特点之一，无论是中国画、中国书法以及中国传统插花艺术都强调以线条的疏密简繁、曲直、刚柔和它的匀整流动、回环等来暗示物象的骨骼、气势与动向，并丰富作品的韵律节奏表现作品的生命力从而造成一种空灵的艺术效果，体现出作者心情的灵境，采用不对称的构图形式，通过高低错落、动势呼应、抑扬顾盼、刚柔曲直，构成了千变万化的造型，不受任何形式和格式的限制形成了意态天然的艺术形象。这是中国传统造型艺术，尤其是中国传统插花艺术的又一主要风格和特色。

品赏《花・悟——立体架构在花艺中的应用》一书的作品，深受启发与鼓舞，小倪的创作风格，不仅显现他的活泼与豪气的个性，更重要的是体现了他对中华传统艺术，特别是中国传统插花艺术努力学习、认真继承、勇于创新的开拓精神。许多作品都充分体现了各种线条的美和自由多变，不拘一格的构成之美，更值得赞扬的是他在弘扬和继承传统的同时，也十分注重与现代社会生活的合拍，反映时代的精神，敢于舍弃当前花艺设计中盛行的过分繁琐的编扎捆绑架构的劳作之风，巧取建筑下脚料和废弃物，精妙构图，使造型简洁生动，凸显出时代的简约之风与环保意识。当然，在如何增强作品思想内涵，提升更高的文化品位方面还需努力。

总之，《花・悟——立体架构在花艺中的应用》一书的面世，为形成有民族特色的中国现代插花花艺起到了抛砖引玉的作用。小倪的善于学习和思考，勤于耕耘和顽强的拼搏精神以及酷爱现代花艺的激情，值得我们学习。希望业内同仁包括本人在内，都要共同努力，尽早尽快为建立中国现代插花花艺新体系，为中国现代插花艺术在世界插花艺坛中再现辉煌而努力奋斗。为此，我们应该不断深刻地理解和牢记：创新不能割断历史，不能忘记传统，而继承传统不能失去现代化和时代感。创新与继承不能一刀两断，只有两者的完美结合，才具有艺术创新的最大魅力。

中国插花花艺协会原常务副会长　现任名誉会长　王莲英

2008年2月

序二

倪志翔在2005年荣获“中国杯”插花艺术大赛亚军桂冠后，没有停步。他在经营好几家大规模花店的同时投入了大量精力，悉心研究、探索具有民族特点、时代特征的现代花艺。这本书是他近年来研究和创作的结晶。

书中的一百多件花艺作品，既有大作，也有小品；既有东方风格的作品，也有东西方风格交融的作品；既有室内作品，又有户外作品，件件作品闪耀着作者的灵性和激情。可以看出，倪志翔创作手法多样，想像空间丰富，取意题材广泛，是一位很具潜力的年轻花艺设计师。

总的印象，倪志翔的作品以表现线条为主，大量运用了简约、抽象以及阴阳、虚实等对比手法。笔墨放纵，挥洒自如。观其作品看花看叶兼看影，得神得趣亦得情，令人凝神，发人遐想，尤其是大多数作品的创作并非以名贵花材取宠，而是用艺术手法取胜，就是用最平常的花材创作出不平常的艺术佳作。一件作品看来成本不高，经过花艺家的双手，顿生风光，这是功力。其花艺创作贵在最大限度地提升了作品的文化附加值。

书中倪志翔对花艺理论的探究也值得提倡，文艺、学术上的百花齐放、百家争鸣会使花艺舞台更为活跃。

中国插花资深大师
中国插花花艺协会原副会长　蔡仲娟
2008年2月

序三

2006年，在广州“亚洲杯”大赛神秘箱比赛的一幕，中国选手倪志翔获全场第一的情景，至今令人难忘。这是我国首次举办国际性的插花花艺赛事，能取得这样的成绩，是我们中国插花花艺界的一件盛事。倪志翔在花艺这块园地里辛勤耕耘，取得了令人瞩目的成绩，成为一颗冉冉升起的花艺新秀。

《花・悟——立体架构在花艺中的应用》这本书的出版正是反映了这一成果，也倾注了他的心血和激情。书中大约有一百多件东、西方插花和现代插花作品。特具创新的现代插花体现了东方传统线条的运用和西方插花技艺的有机融合。他的创作风格是大胆创新，思维灵敏，抽象自由，不拘一格，贯用简约，环保时尚，具有超前意识。

倪志翔在近几年对花艺理论博学钻研，大胆实践，总结创新的精神是值得学习的。

愿这位年轻的花艺师在今后的花艺创作中戒骄戒躁，为中国插花花艺发展做出更大的贡献。

中国插花花艺资深大师
中国插花花艺协会副会长　王绍仪

2008年3月

前　言

在生活艺术化，艺术生活化的21世纪，插花艺术已经成为推动社会物质文明和精神文明进步的动力和标志。让进入“知识经济”年代的人们，充分享受“视觉文化”的大餐。插花艺术不但与社会经济的发展、社会风尚的形成紧密相连，而且与人们的学习、工作、娱乐、休闲、礼仪以及衣、食、住、行等日常生活都息息相关。对于人们的物质世界，高雅的、大众的、传统的、现代的、实用的……各类花艺作品，在积极参与装饰，参与美化、参与调适、参与创造；而对于人们的精神世界，花艺作品则满腔热情地与心灵对话。它用自己特有的方式，关爱人生、抚慰人生、点化人生、激励人生。

从某种意义上讲我们每个人都是天生的设计师，每天都在计划着自己的生活，设计着自己的衣着打扮，安排着自己的社交活动，——吃、穿、住、行都经过一定的选择并制订一定的计划，是选择和计划让我们生活变得井井有条。我想只有领会了这一点，我们才能感悟花艺设计的本质。在世界的每一个角落，人们无时无刻不在进行着设计，任何设计包括花艺设计在内都是以满足人们的精神和物质的需求为终极目标的，大众社会对美的需求是花艺设计的前提。在中西文化相互交融的当今时代，不同文化间的非同质、非均质的碰撞，使文化面临整体的冲突。因而从花艺设计师的角度来看，花艺设计师的社会意识、道德意识、专业能力、文化素质和审美意识以及对当前的花艺风格的变化和世界花艺流行趋势的把握都是至关重要的。大众化的审美文化对于花艺设计的影响是非常巨大的，它可以直接影响某一个时期大众的价值观念和价值取向。

今天，在充满竞争的国际市场中，我们正处在一个呼唤民族设计的时代，代表中华民族特色的花艺设计风格、花艺作品的表现形式，关系到中华民族的花之精神、花之魂！而优秀的花艺师正是优秀作品的开拓者，我们肩负使命，让我们为之努力吧！

2008年3月

目　录

现实形态

自然形态

- 自然有机形态
- 自然无机形态

人工形态

- 人工具象形态
  - 写实具象形态
  - 变形具象形态
- 人工抽象形态
  - 理性抽象形态
  - 非理性抽象形态

第一章　花艺作品形态的分类

我们生活的这个现实的立体世界，可以从各个角度去观看，有些可以用手去触摸，不同的角度呈现出不同的外形和状态。现实世界中存在的形态包括花艺作品的形态，可分为“自然形态”与“人工形态”两大领域。

所谓的“自然形态”，可以解释为并不因人的意志而存在的一切可视或可触摸的形态，例如：树木、山石、行云、流水等等，是自然界已存在的物质的形态。

“自然形态”包括有机形态、无机形态及其衍生的一切自然现象。

而所谓“人工形态”是指人类有意识地从事视觉要素之间组合或者构成等活动所产生的形态，例如：建筑、图片、文字、服装、包括现代派的花艺作品等等，是人们将自己意识进行物化的形态。

“人工形态”包括具象与抽象的形态。

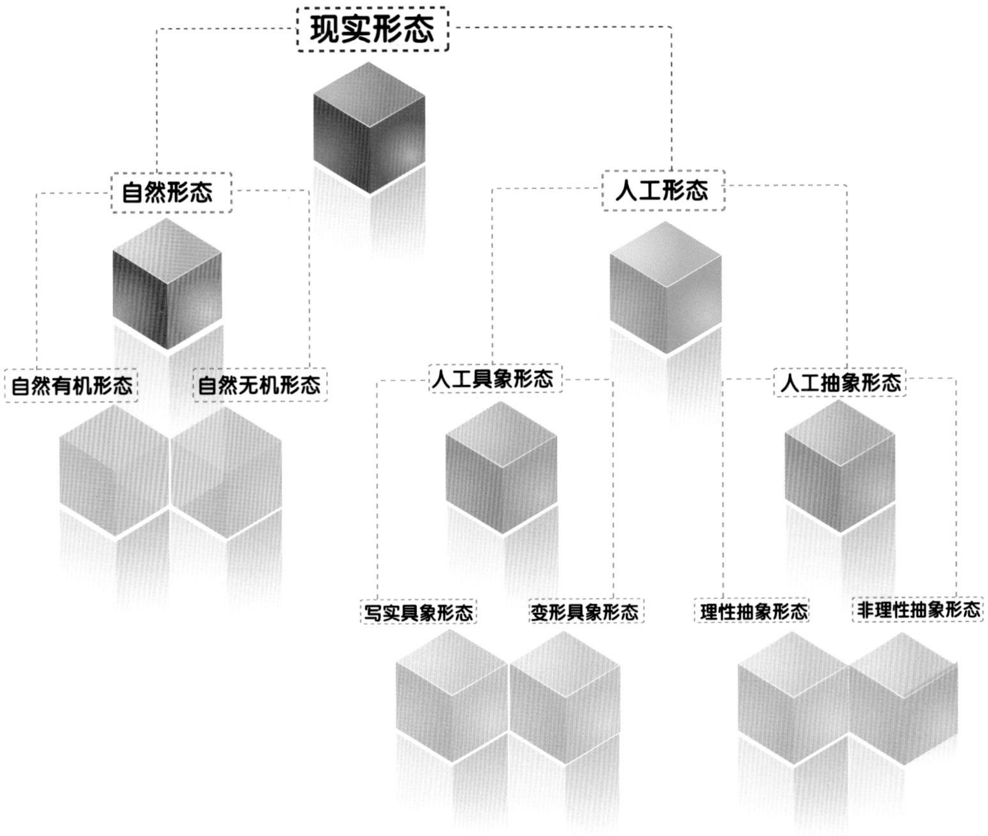

1. 自然形态

“自然”是一个相当广泛而渊源不详的名词，它包含了宇宙间全部的现象。自然学家把它解释为一种时间和空间现象所共同组成的完整体系，而“自然形态”就是指在这种体系之下所产生的一切可视或可触的现象和形体。

古希腊著名的数学家毕达哥拉斯发现，自然形态中存在着和谐，使得自然万物多样性的变化得以统一，而这种和谐的语言便是“数字”。他认为自然是由数学支配组合而成的，自然界的一切都是以简单的数字为构成整体和谐的基本要素，甚至认为世界是由几何体组合而成的。他的发现使人类从自然形态中获得无穷的智慧与启发。

人类凭借自然形态法则给予的启示，追求人性、物性的合理共存，从事符合自然环境与人文环境要求的调和且关联的造型行为，这才是人类走向文明的道路指针。

图1　自然有机形态花艺作品

图2 自然无机形态花艺作品

自然形态总的来说包括有机与无机两种具体的形态。“自然有机形态”指的是接受自然法则支配或适应自然法则而生存的形态，简单地说“自然有机形态”的插花作品（如图1），是人为地根据植物本身固有的性状属性，模拟植物的自然生长姿势，赋予它新的人为的形态。东方自由式插花作品就属于此类。

而“自然无机形态”指的是原来就存在于世界，但不继续生长、演进的形态，简单地说“自然无机形态”的插花作品（如图2），是根据植物本身固有的性状、属性、姿势、形态、不加以人为因素进行构图的作品。我们常见的自然式插花就属于此类。

图3 写实的具象形态花艺作品

2. 人工形态

人类为了适应自然生存的需要，以及追求、满足个人或群体生活的欲望而有了造型的行为。人工形态是指人类有意识地从事各种有形的活动，就活动意识来讲不受任何条件因素限制而随个人的意欲表达其目的的“纯粹造型”。

就形态的面貌即外形而言，我们可以把它归纳为“具象形态”与“抽象形态”两类。

所谓的“具象形态”是以模仿客观事物而显示其客观形象及意义的形态。由于其形态与存在的实际形态相似，我们称之为“具象形态”。

“具象形态”按其造型的手法与表现的风格不同可分为“写实的具象形态”和“变形的具象形态”两种。所谓“写实的具象形态”是指以完全按比例克隆或非比例地描写客观事物的真实面貌。写实的具象形态花艺作品参见图3。

而“变形的具象形态”是指运用夸张、简洁或规则化的手法，表现客观事物形态表象，但仍需维持可辨认的真实面貌的效果。变形的具象形态花艺作品参见图4。

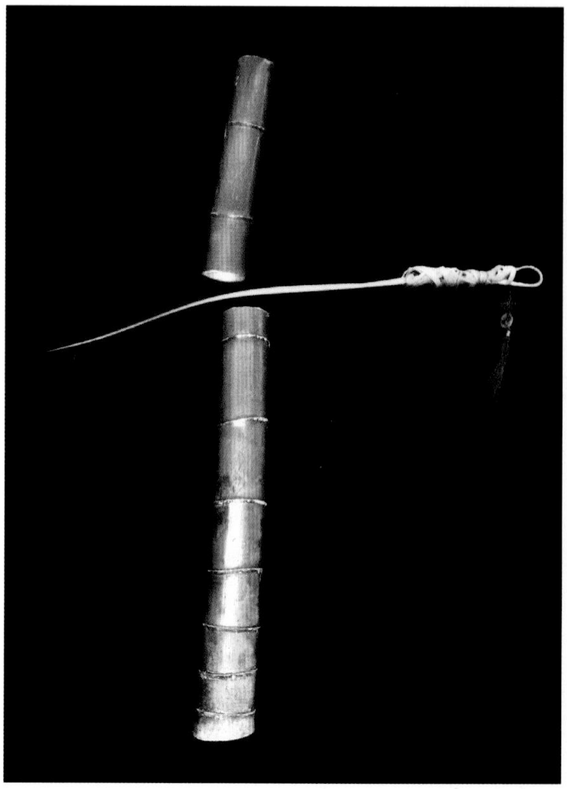

图4 变形的具象形态花艺作品

“抽象形态”可以解释为不具有客观意义的形态，是以纯粹的几何观念来提升客观意义的形态，使人无法辨认原始的形象及意义。它是根据作者的思想而创作出的作品，并不是模仿现实。

“抽象形态”也因作者本身理性与感性成分的不同，表现的形式不同，可分为“理性的抽象形态”和“非理性的抽象形态”两种。

“理性的抽象形态”是指冷静和理性的美学表现，专注于纯粹结构,纯粹条理的追求；而“非理性的抽象形态”是属于感觉和情绪的造型表现，强调纯粹感性的挥洒。“理性的抽象形态”富有明确、严整的效果，处理不当会显得单调、呆板；“非理性的抽象形态”虽富有灵活、轻松的效果，但处理不当则容易凌乱。图5、图6、图7分别为典型的理性的抽象形态、非理性的抽象形态、理性和非理性相结合的抽象形态花艺作品。

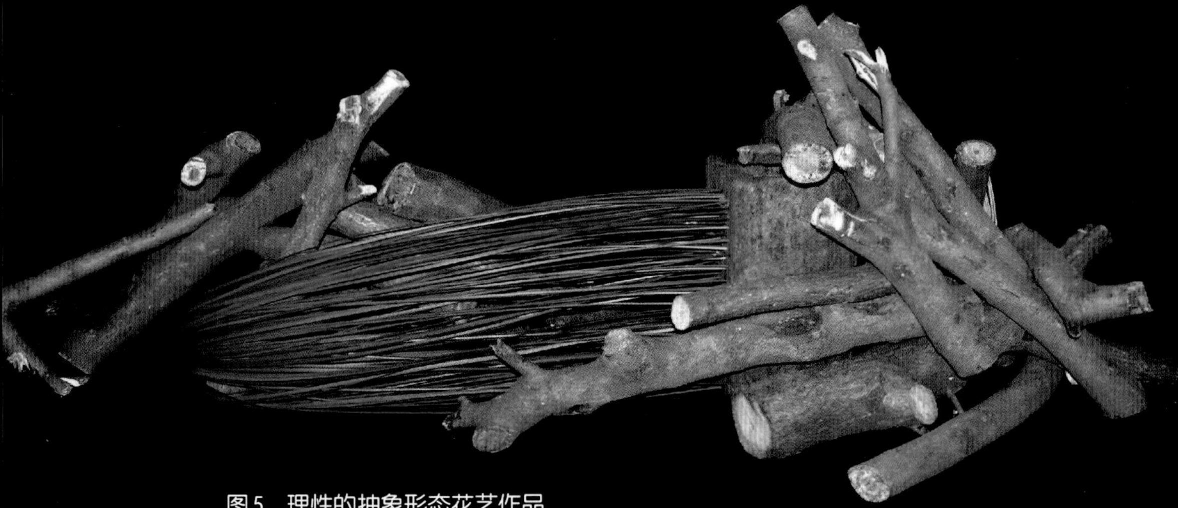

图5　理性的抽象形态花艺作品

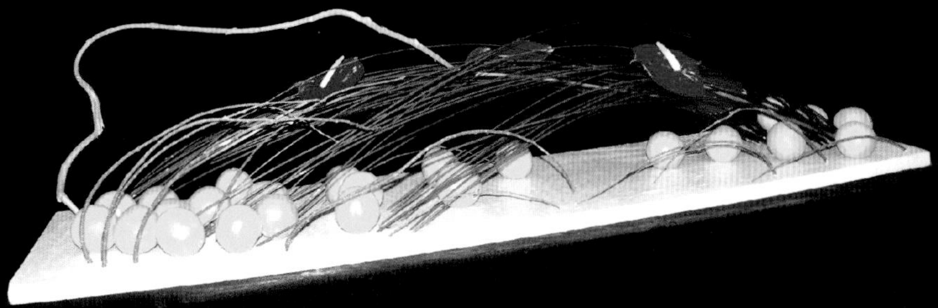

图6　非理性的抽象形态花艺作品

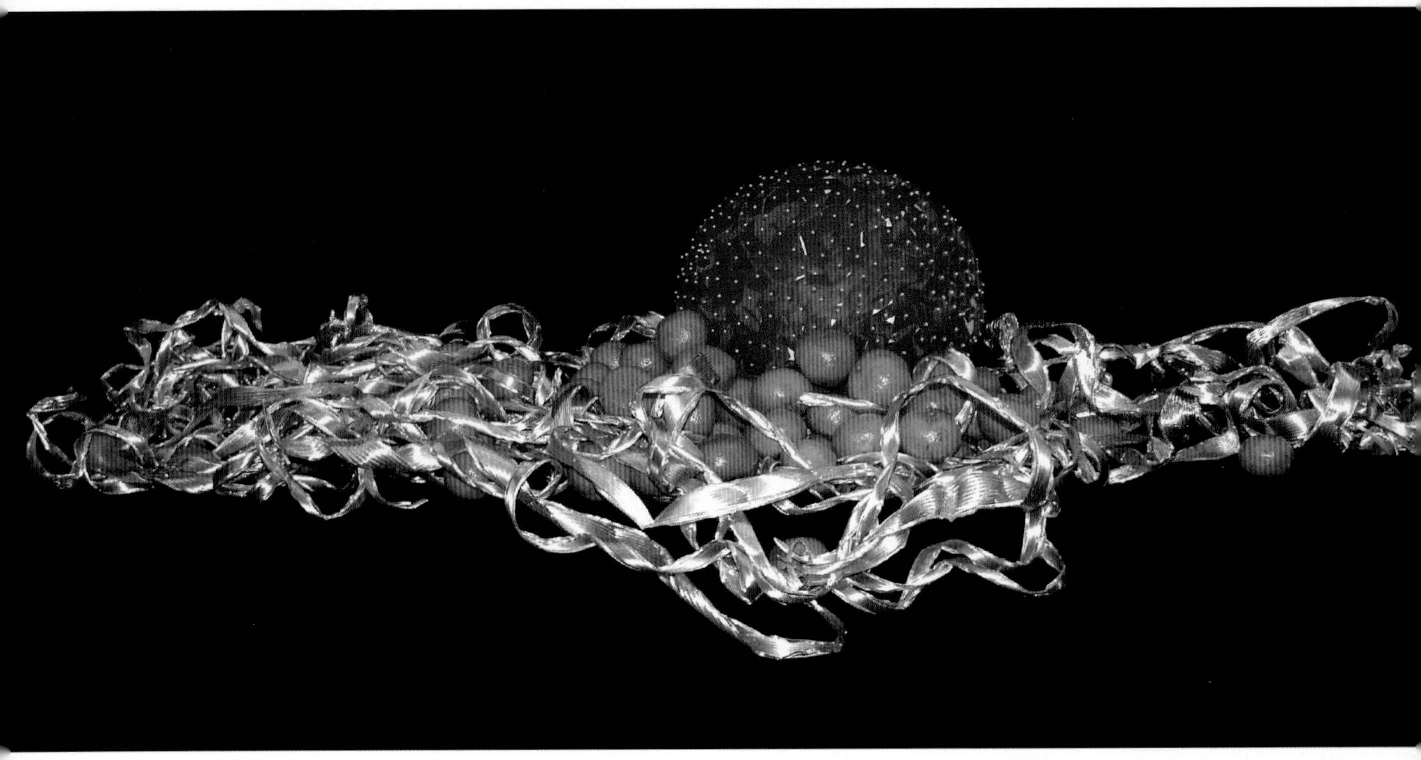

图7　理性和非理性相结合的抽象形态花艺作品

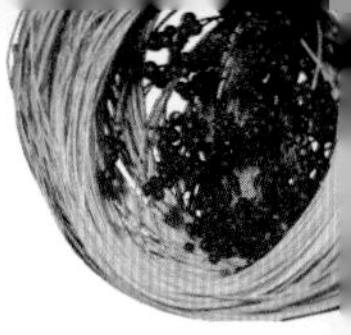

第二章　花艺作品构图的要素

作为形态艺术之一的花艺作品，必须遵循一定的美的原则，要表现出美感，要符合美的统一与变化、对比与调和、韵律与节奏等规律。在美感造型上，其特别表现在以下几个要素。

1. 点

“点”是花艺作品的基础，是造型形态中最基本的元素，点没有方向性，点是花艺作品中最简洁、最单纯的形态。点的本质是位置的概念。

在作品中如果插上一支花即产生一个点，由于它刺激视觉感观，使人产生注意力。在同一作品中插上同一品种同样大小的两枝花，即产生两个点，在两点间的张力作用下，人的视觉会在两点间来回游动，形成视觉的张力感。如果这两个点的大小不一样，则会产生动感，这是因为人的注意力首先集中在优势突出的那枝花上然后再移向劣势的另一枝花。

总之点的作用在花艺作品中是最基本的单位，具有相对性，在作品中起到画龙点睛的传神作用。

现代花艺作品中点的用法多数为点的组合法，点的组合是指两个以上的点进行组合。花艺作品中常运用点的组合以形成作品的焦点。下面为三种常见的点的组合方式：

（1）点的等间隔组合（规律、秩序、逻辑感强）。

（2）点的规律变化间隔组合（平稳、平坦）。

（3）点的无规律间隔组合（自由、随意、抒情）。

2. 线

线是点的运动轨迹以及面的转折现象。线的长短、粗细和运动状态可在人的视觉心理上产生不同的心理感受。线是相对的概念，长度与宽度是相对而言的，一般长宽比高于10 ∶ 1才会有线的感觉。

线在造型中的地位十分重要，是表现力最丰富的要素。不同的线有不同的“性格”，一般来说，可分为一下两种：

（1）线的形态　线的形态有直线、曲线、曲折线、波状线、辐射线、平行线、交叉线、螺旋线、垂直线、水平线、斜线、方向线、放射线等。

（2）线的“性格”　直线表现出静、严肃、整齐感；曲线表现出动和韵律感；折线给人一种危险感。

其中直线有如下三种表现形式：

① 水平线　使人联想地平线、海洋、田野，水平线的“性格”是静止、安定的，具有舒展和延伸的力量。

② 垂直线　给人严肃、坚强、挺拔感。

③ 斜线　给人方向感和速度感。

3. 面

面是指二维（二度）空间的概念。面具有长度、宽度，无厚度。面又可分为两大类：一是实面，二是虚面。

实面是指有实体形状的，能实际看到的面；虚面是指不真实却客观存在的，能被感觉到的面。虚面一般是由曲线围合而形成的无实体的面。

花艺作品中常见的“面”有春羽、龟背、巴西叶等，而现代派的花艺作品中的面，含有非植物的几何形、自由形、综合形，现实花艺作品中的面形态千差万别，无穷无尽。

4. 体

所谓体，是指面的移动轨迹。体是实际占有空间的实体，是指在空间中实际占据的位置。任何一件花艺作品的形态都是三维的形式体现。既然是三维的形式就是长度、宽度、厚度的组合，从任意角度都可以观看，同时也可以用触觉直接感知到。

自然形体是形体中最富有魅力的形体。大自然给人类留下了无数奇妙的形体，这些形体浑然

天成，令人惊叹不已。有的小巧玲珑，有的气势宏大、多姿多彩。使人眼花缭乱、目不暇接。自然界的矿物、植物、动物，从陆地到海洋，形体的奇异和内部组织排列的有序，都体现了天然形体的装饰性、抽象性和艺术性。就其而言，花艺作品的体的变化形式也是较多的，从插花的花型来分，有直立型的体、倾斜型的体、下垂的体、直上型的体和对称型的体等。

5. 空间

空间就其汉语字面意义："空"，乃气也，空虚本无形，是不得触知而存在的，是客观实在，其空阔、广袤，是向四面八方伸展，可容纳其他元素之意。"间"是空隙，是从门内（室内）向外看太阳。"间"是间隙、限定、引导、规范之意。"空间"是"空"与"间"两者概念的统一。在物理上、生理上、宗教心理上对"空"有不同的解释，但其共同的一点，"空"是随形而变，随形而生。所以，空与间的合成是："气"（空）在一定"间"的"框框"下聚积。"气"是内敛、是本质，"间"是形式。

从宏观上讲，空间是无限的，宇宙空间是无边际的。但就微观而言，空间是有限的，是每一个具体事物间的位置关系所形成的。因而空间是无限与有限的统一。空间所包含的这两方面的内容不能分裂来看：没有"空"作为基础和前提，那"间"的多样性、丰富性也就无从谈起；只有"空"作为基础而没有"间"来引导和限定，就势必造成空间感的单调与乏味。所以，两者是相辅相成的不可分割的整体。

上面所提到：空间是无限与有限的统一，也指虚实相对的概念。虚实相对是物质存在的一种客观形式。在艺术设计领域中，空间概念并不像一些哲学观点解释的那样，而是认为空间分虚空间、实空间。凡实体部分我们称之为实空间，实空间以外的部分是虚空间。花艺作品属实空间，它依靠虚空间作为媒介来限定达到的形态，如果一个花艺作品缺少虚空间就势必会造成空间感的单调与乏味。所以我们在设计作品时要考虑虚空间与实空间的比例关系，两者是相辅相成、不可分割的整体。

6. 对称与均衡

（1）对称

① 绝对对称　"绝对对称"指作品中轴线的两边各组成部分的造型相对中轴线而绝对对称。"绝对对称"分为左右对称、上下对称、上下左右对称以及旋转对称等形式。绝对对称的中心轴两边部分应相等。其形式特征体现了一种严正、庄重的特点。假定在某一作品的中央设一条垂直线，将作品图形划分为相等的左右两部分，其左右两部分的形量完全相等，这个图形就是左右对称的图形，这条垂直线称为对称轴。对称轴的方向如果从垂

直方向转换成水平方向，则形成上下对称。如果垂直轴与水平轴交叉组合则为四面对称。如果两轴相交的点能成为中心点，这种对称形式即为点对称。

② 相对对称　“相对对称”指在作品中轴线两边有少部分形状或色彩出现对称的现象。这种形式仍然具有对称的稳定感，并灵活自由。相对对称的作品，其整体形式体现对称特征，同时其局部形状或色彩有一定的变化。根据其变化分别有形状置换、方向颠倒、体量调整、动态改变等形式方法。

（2）均衡

均衡也称平衡，它不受中轴线和中心点的限制，是以支点为重心。这种支点力学的平衡是指作品形态的各种造型要素和物理量给人的综合视觉的感觉。在花艺作品中，处理好作品形态的均衡体量的虚与实、部分与部分之间的恰当关系、形态的表里关系、色彩组合关系等，是获得作品形态的均衡效果的关键，也是作品产生动感的有利因素。均衡的常见形式如下：

① 不安定平衡　譬如湖边倾斜的树干，或者芭蕾舞演员瞬间直立或倾斜在趾尖上的舞姿，虽是那么不安定，但我们仍感到舞蹈者的平衡姿态，这种平衡好象一丝丝的呼吸都会令她失去平衡，这就是不安定平衡。

② 相依平衡　指一部分或一个构成要素需要另一个要素使整体作品在视觉上让人感到具有结构性的平衡的形态。譬如组合式，两组以上相互支持或相依。维持整体平衡的插花作品，我们称之为相依平衡。

③ 独立平衡　当一个要素不需要其他要素的支持，而能维持平衡，这就是独立平衡。譬如我们常见的单体对称形花艺作品，垂直的或水平静态的构成，就是很好的例子。

7. 多样与统一

多样与统一也可称为变化与统一，多样与统一既相互对立又相互依存，若舍去一方，另一方则不复存在。在作品形式中应把握统一中求变化，在变化中求统一。变化的因素越多动感越强，统一的因素越多静感越强。

同时，要在统一中寻求丰富多样。比如，形的多样与统一：有直线就应有曲线，有竖线就应有横线，有方就应有圆，有长就应有短，有实就应有虚。最基本的要素就是把握多样与统一的效果。没有变化就没有统一，变化最终还是要求统一。在同一作品中，应避免变化与统一两种因素等同量的出现，应该以一种因素为主，即或以变化为主，或以统一为主。在变化与统一中要“你中有我，我中有你”。色彩也同样可以多样统一，色相变化、明度变化、冷暖变化这几种变化是色彩表现的前提。掌握这些变化才能使作品画面达到和谐、多样、统一的境界。

8. 比例

比例是指部分与部分以及部分与整体之间给予令人满意的尺度关系，并在视觉上达到均衡的、悦目的形态。在自然形态或人工形态的作品中，凡具有良好视觉效果的花艺作品，一定具有良好的比例。

除花艺作品外，日常生活中具有良好的比例关系的物体我们随处可见。因此我们在日常生活中，要养成注意观察的习惯，发现具有好的比例关系的事物，就要收集起来加以研究，并运用到具体的花艺设计中。

在设计作品时处理好整体与部分、部分与部分之间的比例关系尤为重要。在设计作品时应从内含比例和比较比例两种方式进行设计。内含比例是指单个形体内部所含的比例关系，即我们常说的高、宽、长的比例。比较比例是指一个形与另一个形相比较而形成的一种比例关系。我们通过这种比较比例来强调形体的特性，即我们常说的比较产生美。例如：粗犷与细腻如何在视觉上影响对方？是否因此而更加强调了它们各自的性格？是否因差异而起着烘托对方的作用？

自古以来，有众多学者在哲学和数学领域对比例进行过研究，总结出许多法则运用在各个领域。就花艺作品而言，我们常常采用黄金比和整数比两种形式。黄金比是迄今为止世界公认的美的法则之一。黄金比是把一条线分为两段，小段与大段之比和大段与全长之比相等，比值为1 ∶ 1.618……。整数比是指像1 ∶ 2 ∶ 3或者1 ∶ 2，2 ∶ 3……这样的比例。由于这种比例存在着一定的倍数关系，因而比较容易处理。整数比具有静态匀称的明快效果，比较适合批量生产的商品花艺作品和酒店大型组合式作品设计。

9. 色彩

视觉心理告诉我们：人类对客观世界的认识，首先是通过对色彩的感受，然后才是对造型的理解。同时，色彩也是我们表达自身情感的重要手段，是视觉语汇的核心。可见色彩对花艺作品的重要性。

艺术插花既要有优美的造型，又要有明艳的色彩，两者均是构成优美形象的主要因素。然而，在一般的审美中往往会偏重于色彩，或者说，色彩的美最易被人们所接受。

色彩主要有三个基本特征：色相、纯度、明度。

色相，是各种具体色彩的名称，或者说是色彩的相貌。例如，太阳光中的红、橙、黄、绿、青、紫等，每个名称都表示一种颜色的色相。色相主要是用来区分各种不同的颜色，增强对色彩的辨别能力。客观世界色彩丰富、变化万千，肉眼所能识别的十分有限。因此，在观察色相时要善于比较，培养识别能力，便于在插花时正确认识和利用色彩。

纯度，指的是颜色纯净程度和饱和程度。在可见光中的各种单色光是最纯的颜色，为极限纯度。纯度越高，颜色越鲜明。当纯净的颜色掺入黑、白、灰等其他色彩时，其颜色的纯度就产生变化，掺入得越多，纯度降得越低。物体色彩的纯度与饱和度有关，与物体表面结构也有关。物体表面结构粗糙，光线的漫反射作用将使色彩的纯度降低。物体的表面结构光滑，色彩的纯度就比较高。

明度，是指色彩的明暗程度。包含两种意思：其一是同一色相受光后由于物体受光的强弱不一，产生了各种不同的明暗层次。其二是指颜色的本身明度，如红、橙、黄、绿、青、紫六种标准色互相比较的深浅度。同一绿色，受光的强弱、角度和亮部不同，会产生明绿、绿、暗绿等不同的明度。不同的颜色中，黄色的明度较高，仅次于白色；紫色的明度较低，接近于黑色。插花时，不同明度的色彩相配，能使画面富有变化，增强层次感。不同明度的同一色彩配合在一起，也能使插花的整体感增强。

色彩的感情效果，色彩能够影响人的情绪。不同的色彩会引起不同的心理反应。不同的民族和传统习惯，不同的文化修养、性别、年龄等，会对色彩产生不同的联想效果。

色彩本身是没有任何感性内容的，只有当人的思想意识与其联系起来的时候，才会出现色彩的感受与联想。在我国，人们对色彩的认识也是多种多样，大致说来是这样的：

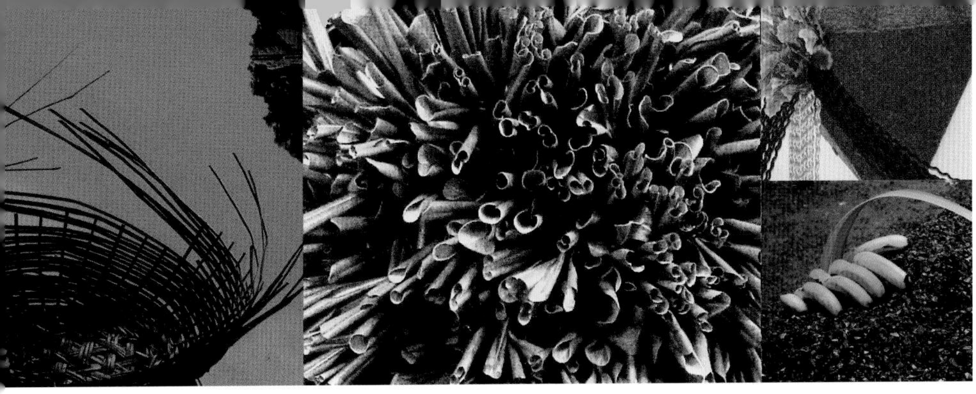

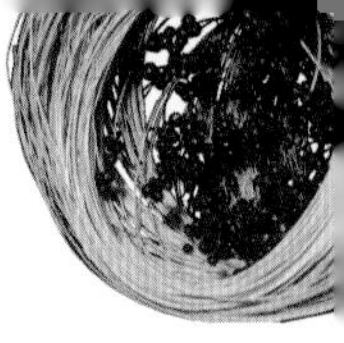

红色：具有艳丽、热烈、富贵、兴奋之情。人们习惯用红花束表示喜庆、吉祥。

橙色：是丰收之色，表示明朗、甜美、成熟和丰收。

黄色：有一种富丽堂皇的富贵气，象征光辉、高贵和尊严。我国皇家殿宇装饰的琉璃瓦是黄色的，以示至高无上。在丧仪上、黄色的花使用十分普遍。

绿色：富有生机，富有春天气息，又具有健康、安详、宁静的象征意义。

蓝色：有安静、深远和清新的感觉，往往和碧蓝的大海联系在一起，使人心胸豁达。但从消极方面来看，也有阴郁、贫寒和冷淡之感。

紫色：有华丽高贵的感觉。淡紫色还能使人觉得柔和、娴静。

白色：是纯洁的象征，具有一种朴素、高雅的本质。但是白色显得单调，在我国民族习惯中，还有悲哀的含意。

黑色：具有坚实、含蓄、庄严、肃穆的感觉，同时黑色又易与黑暗联系在一起。

色彩的象征和联想是一个复杂的心理反应，受到历史、地理、民族、宗教、风俗习惯等多种因素的影响，并不是绝对的，在插花时只能作为色彩运用的参考，应按题材内容和观赏对象进行色彩设计。无论是传统的，还是现代派的，色彩永远是最重要的一环。

第三章　作品鉴赏

立体架构在花艺中的应用

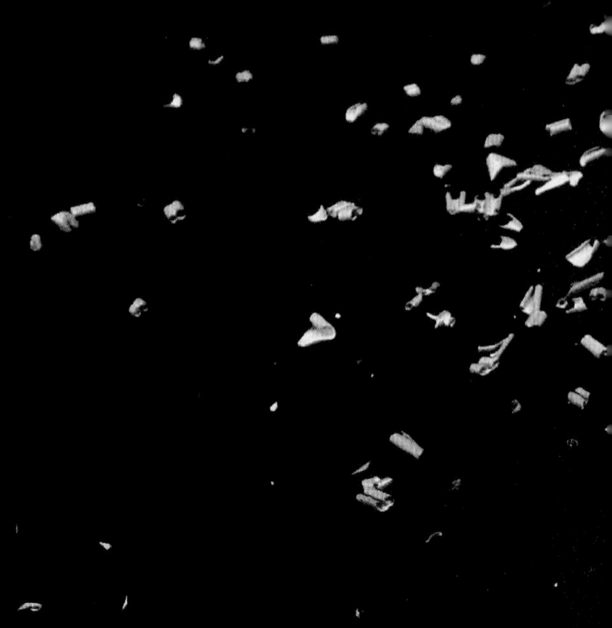

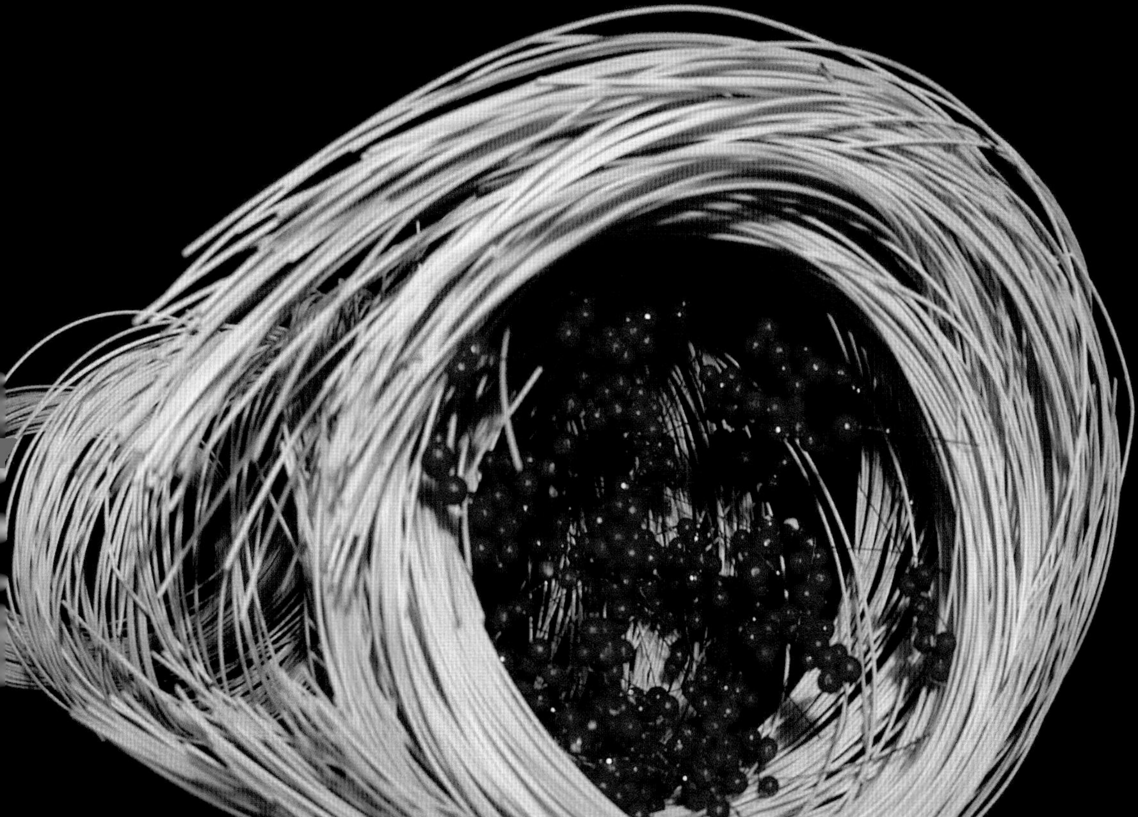

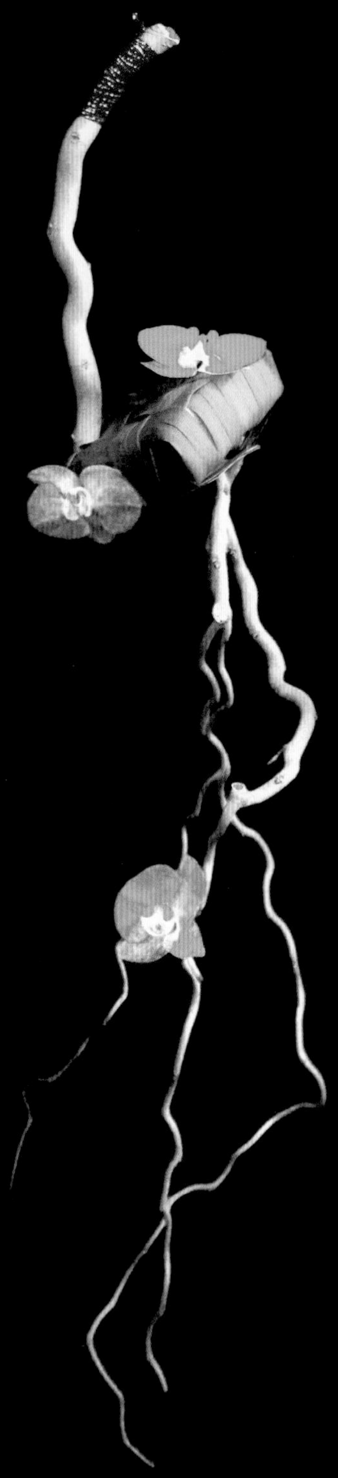

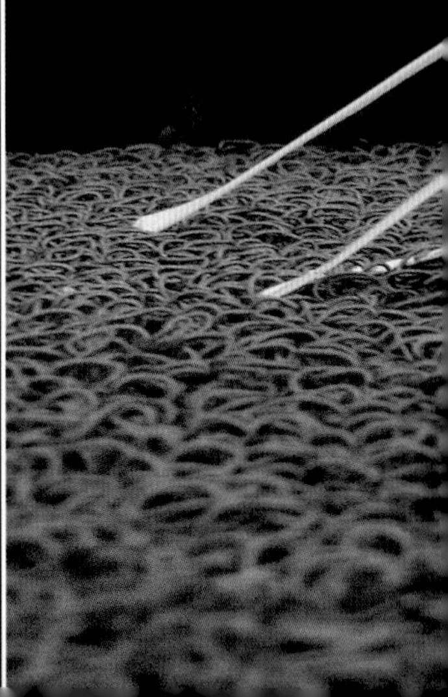

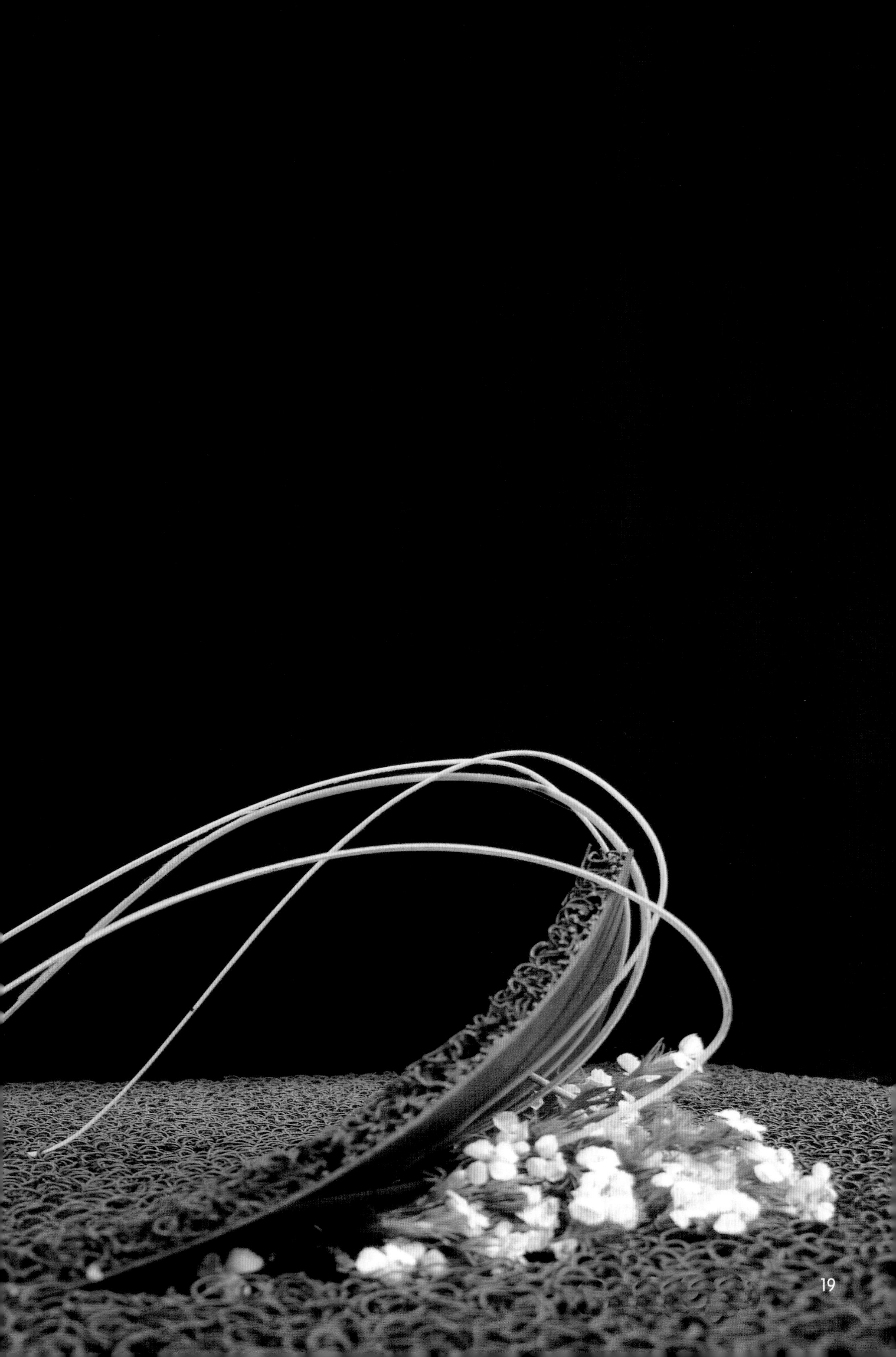

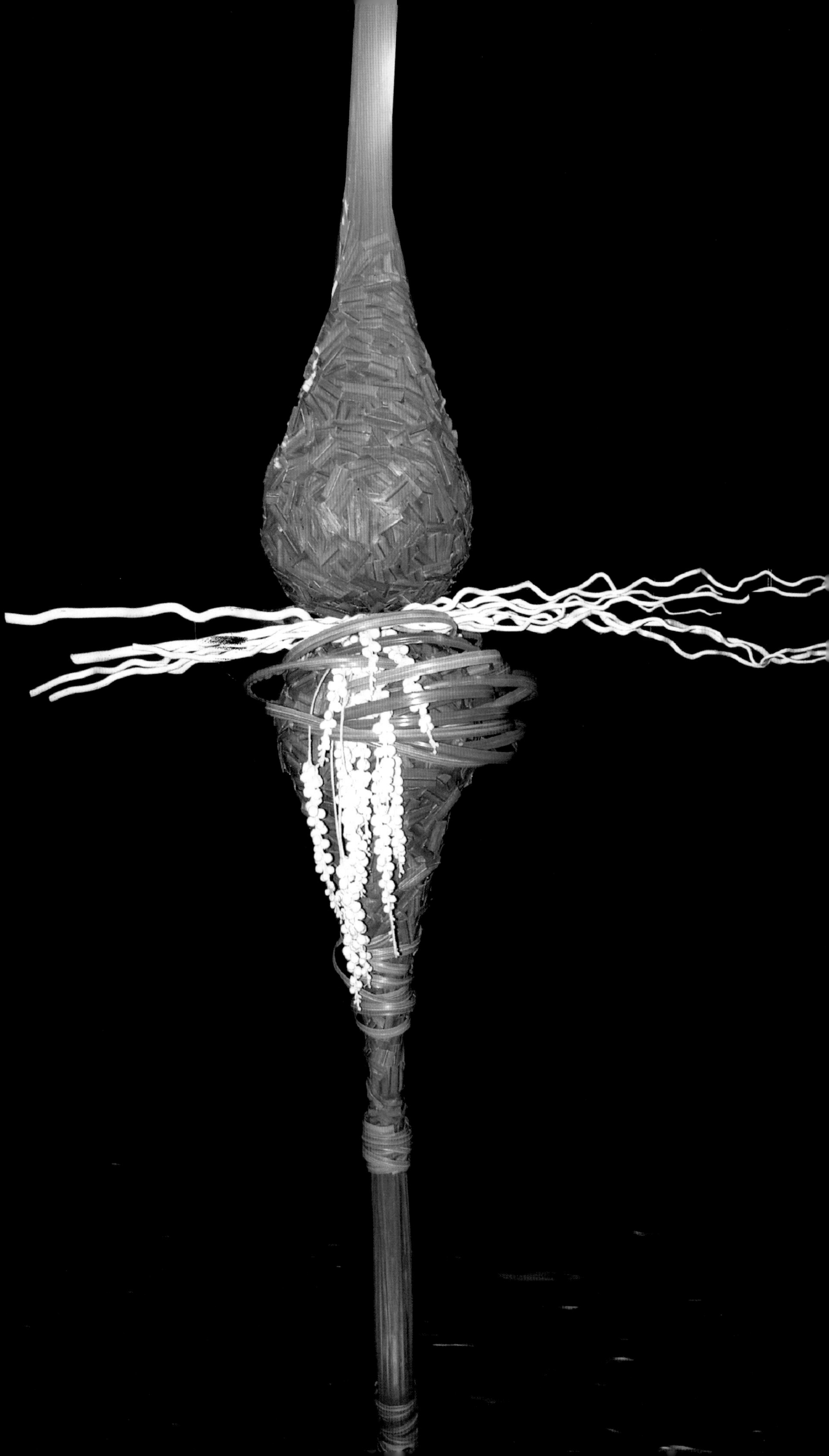

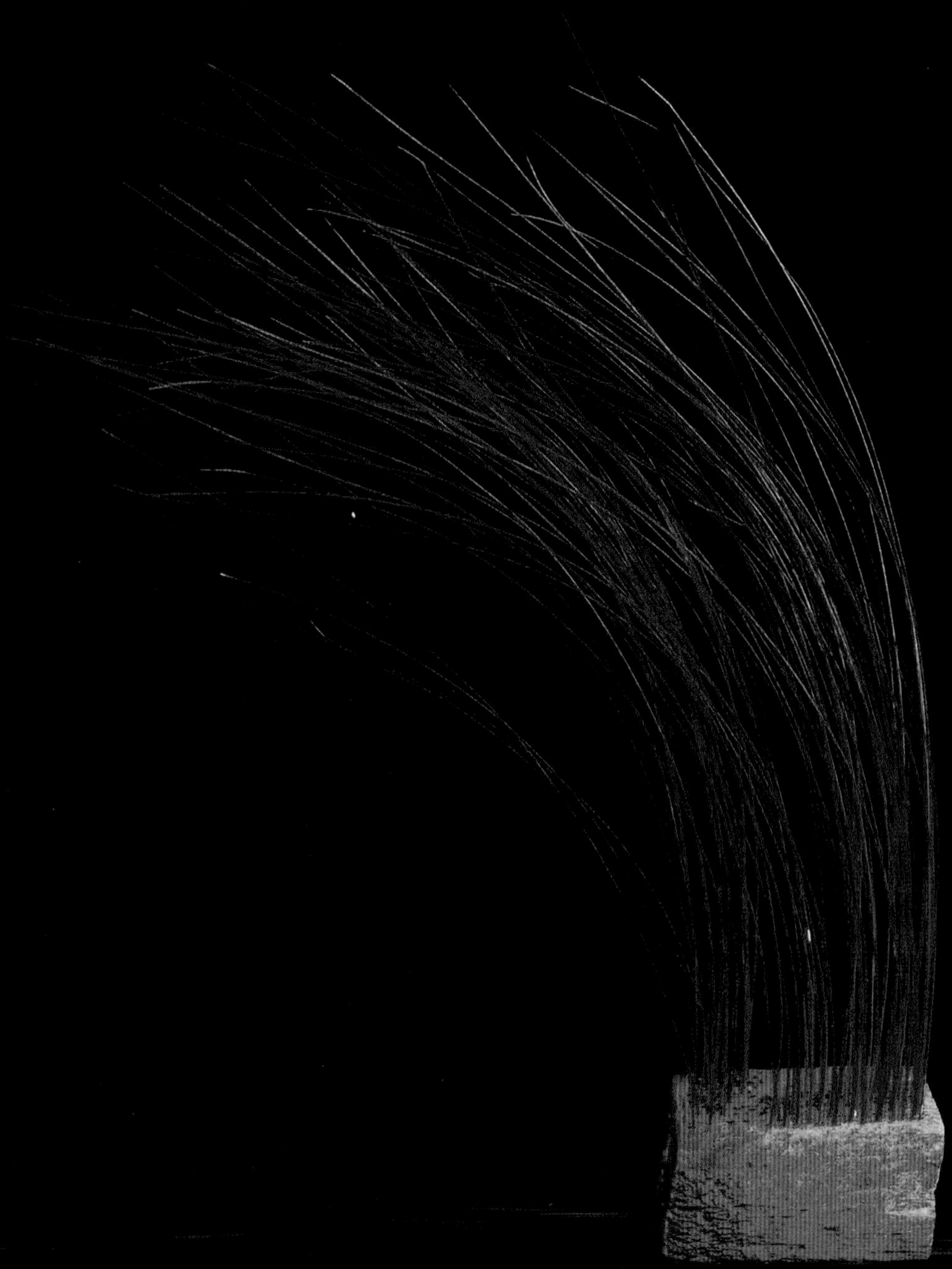

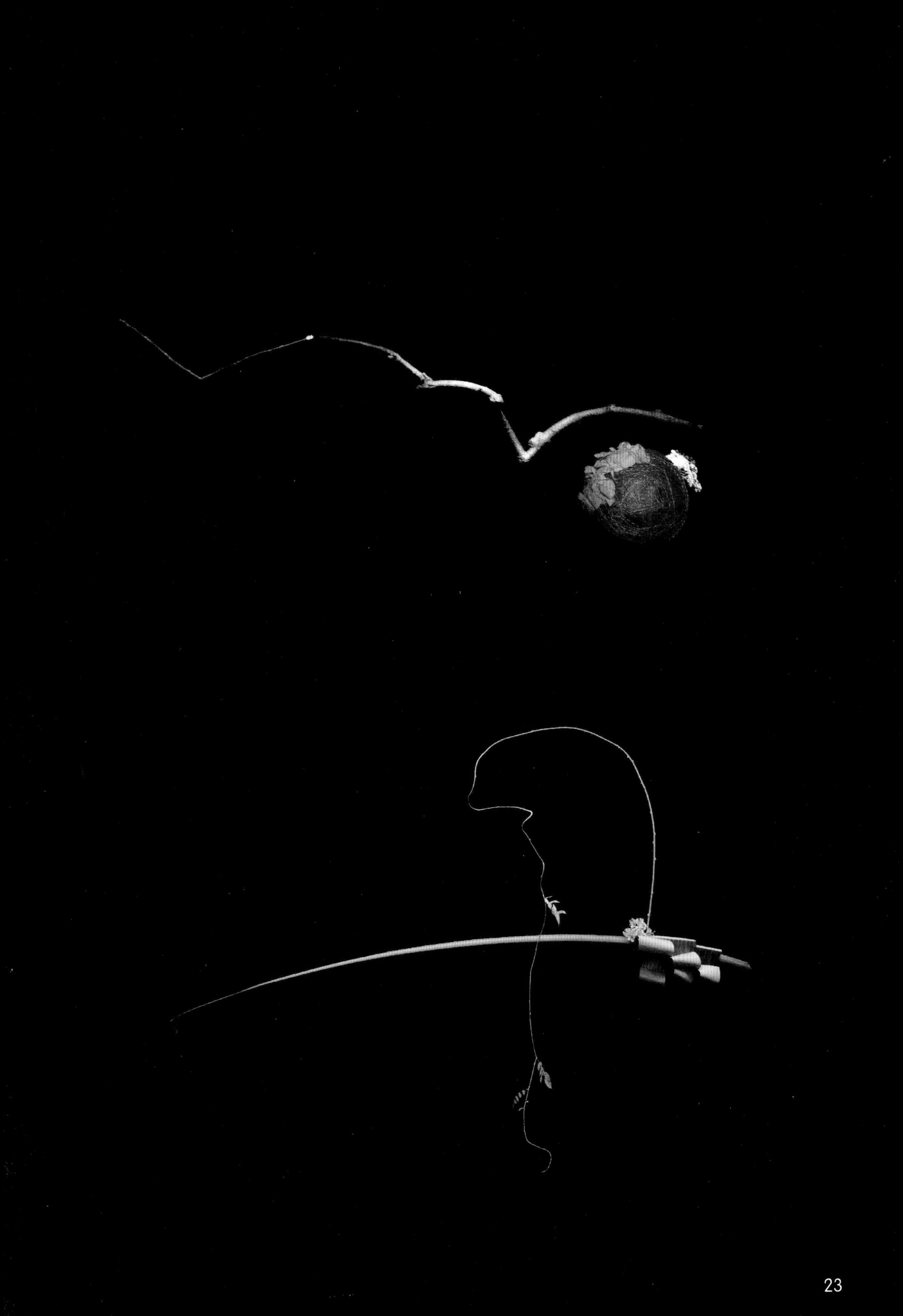

立体架构在花艺中的应用

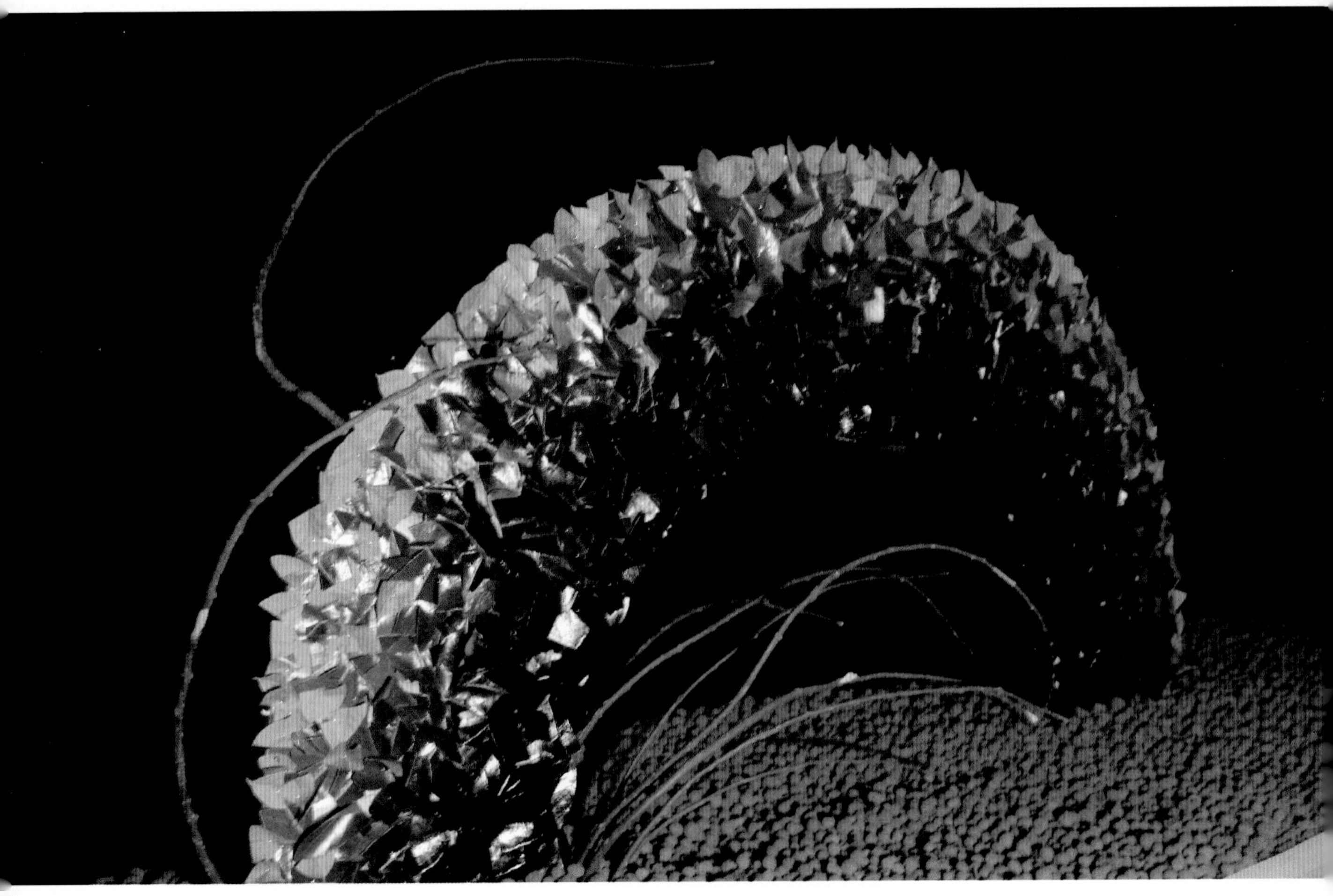

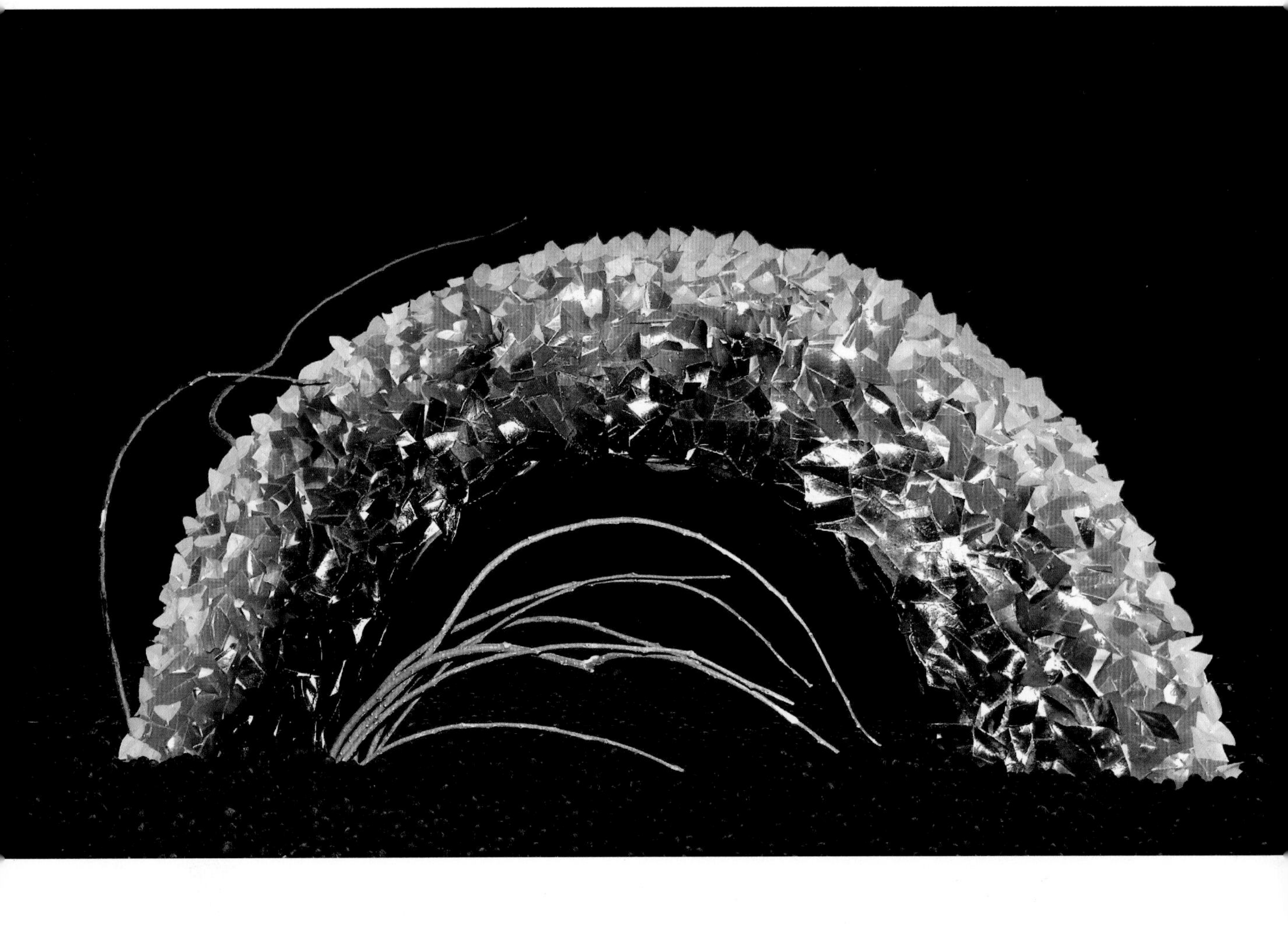

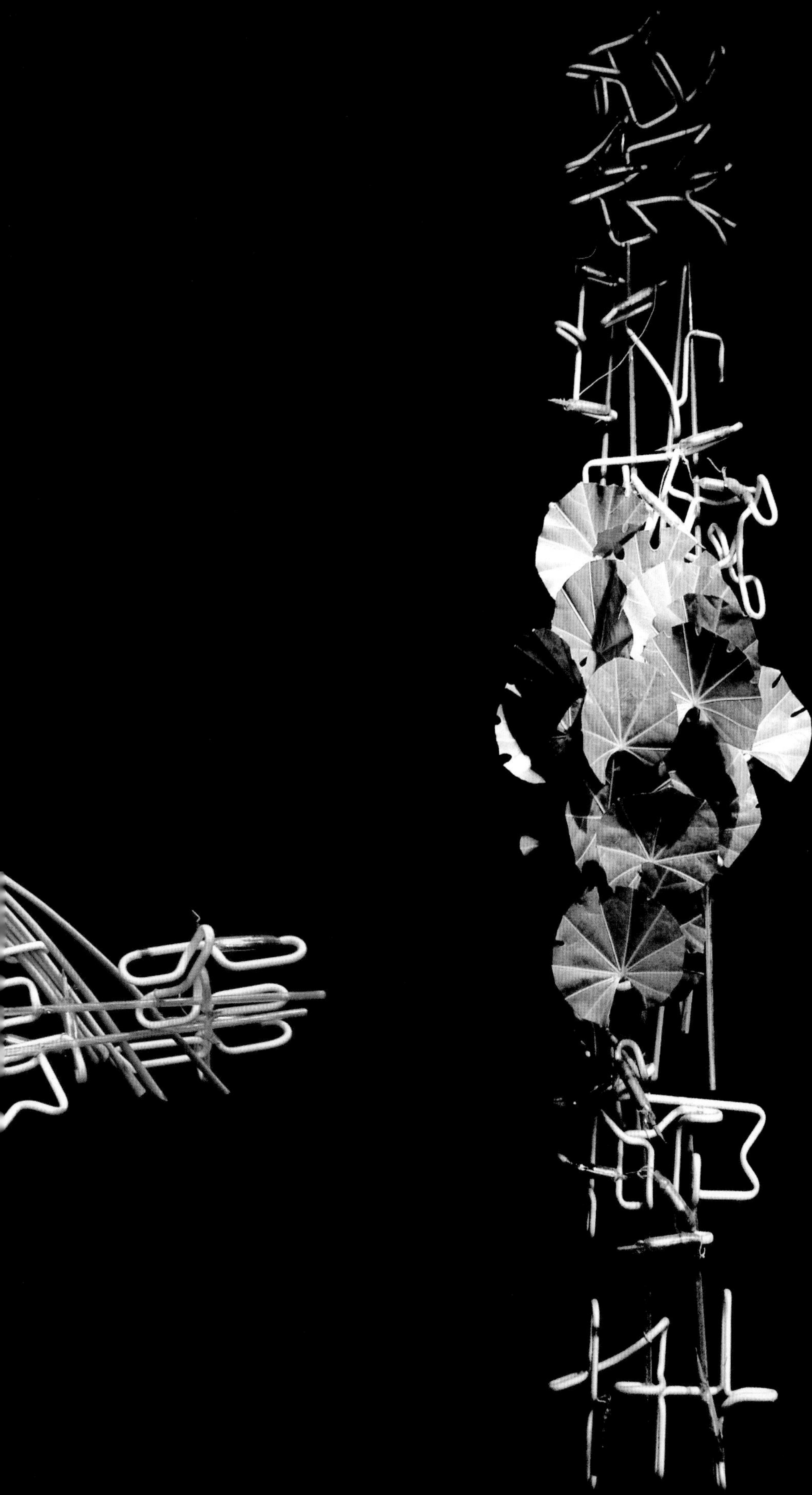

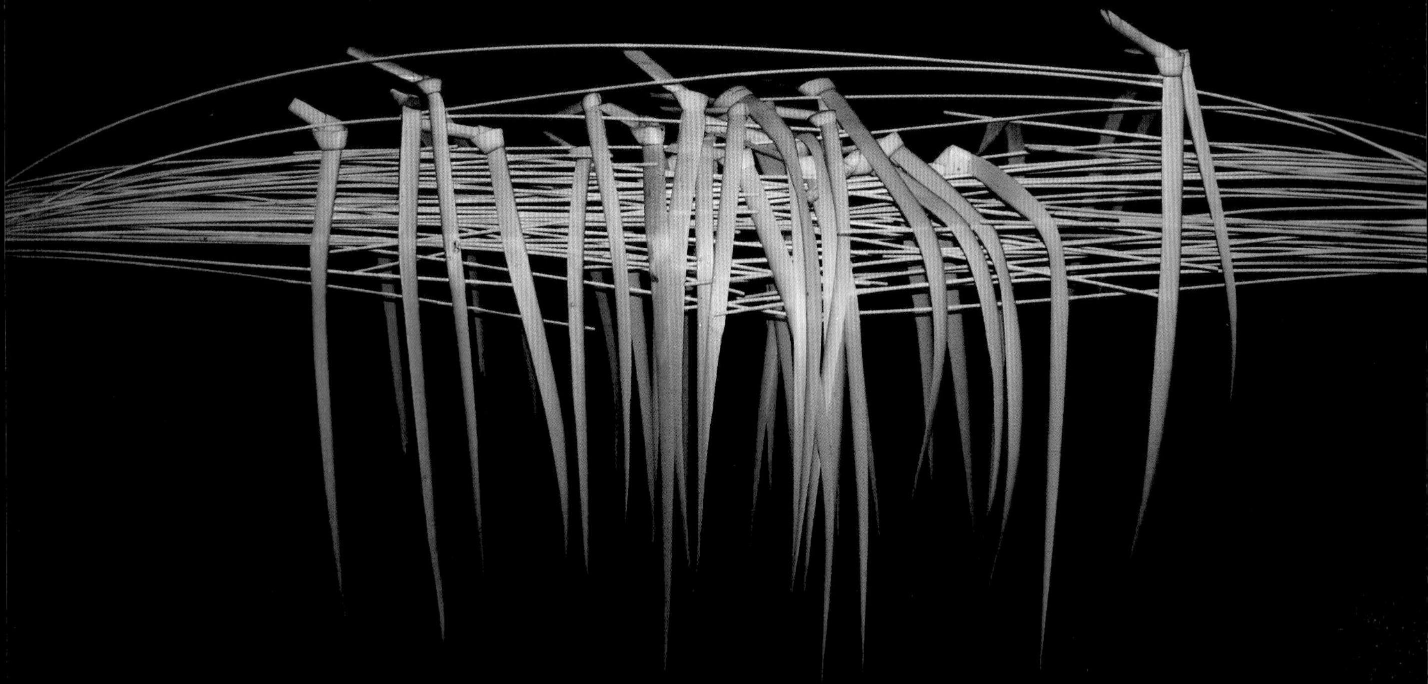

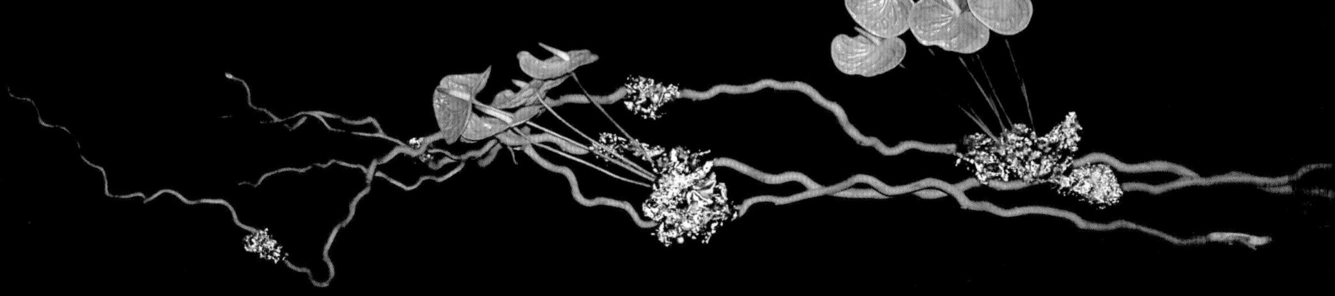

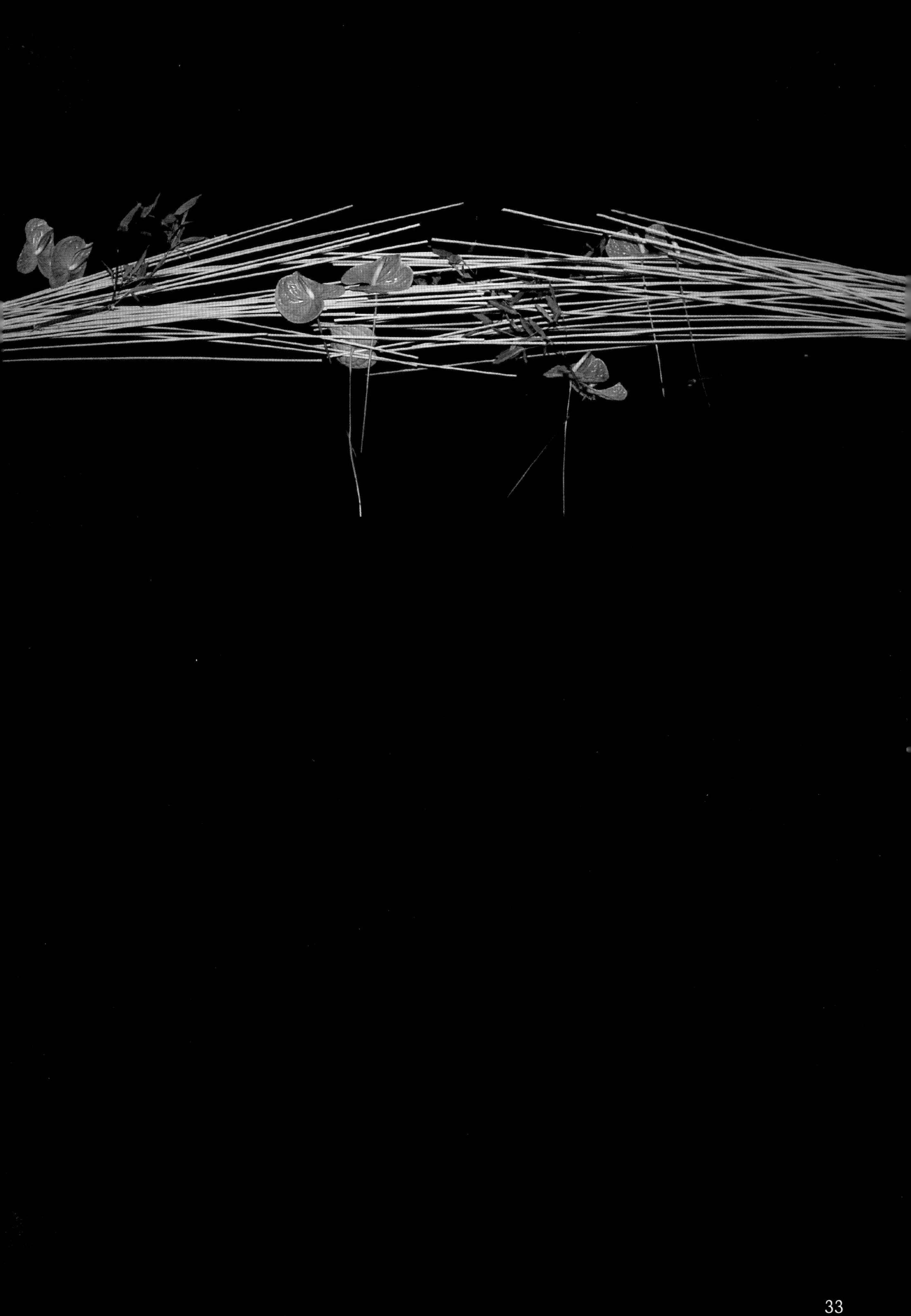

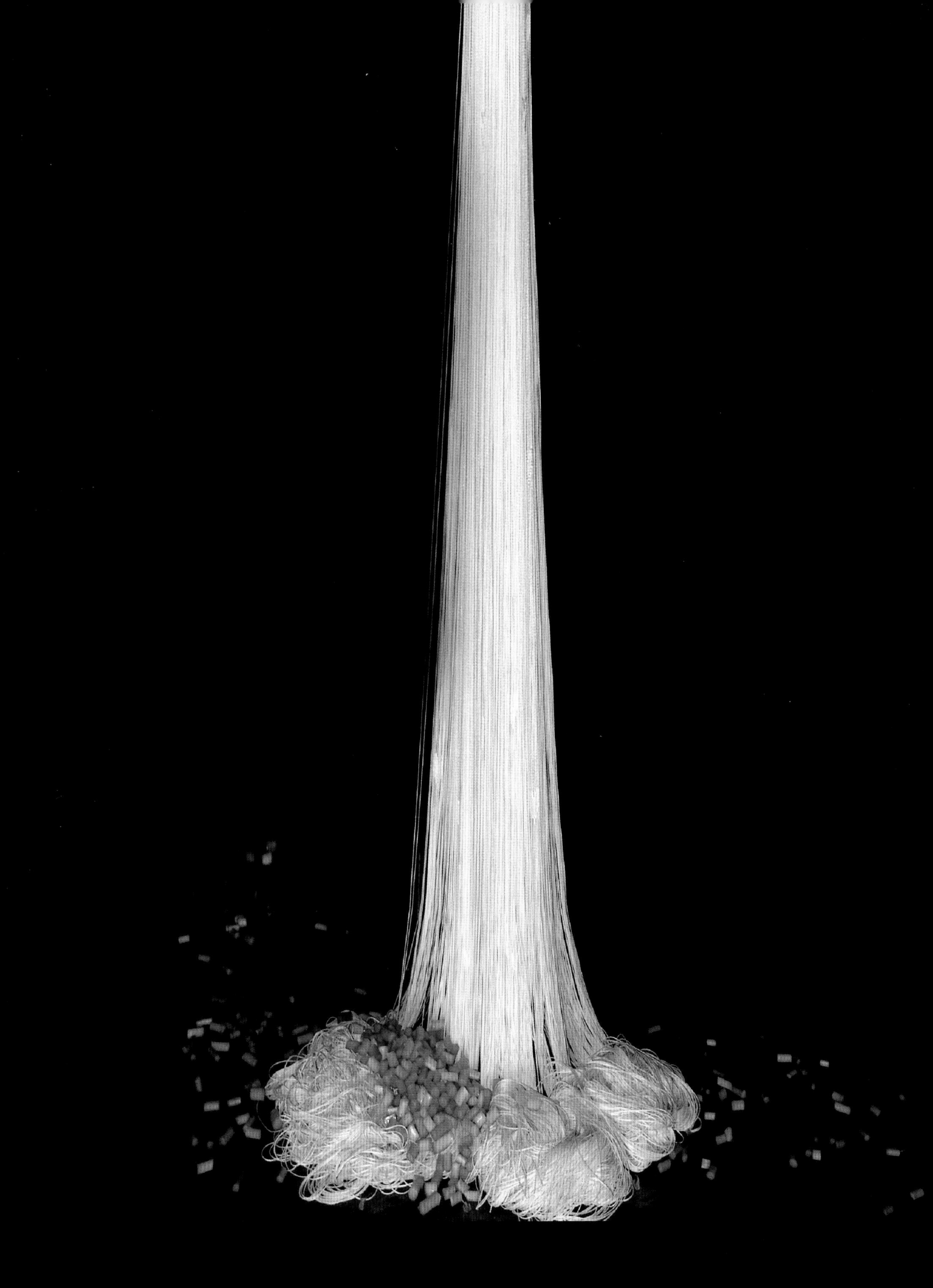

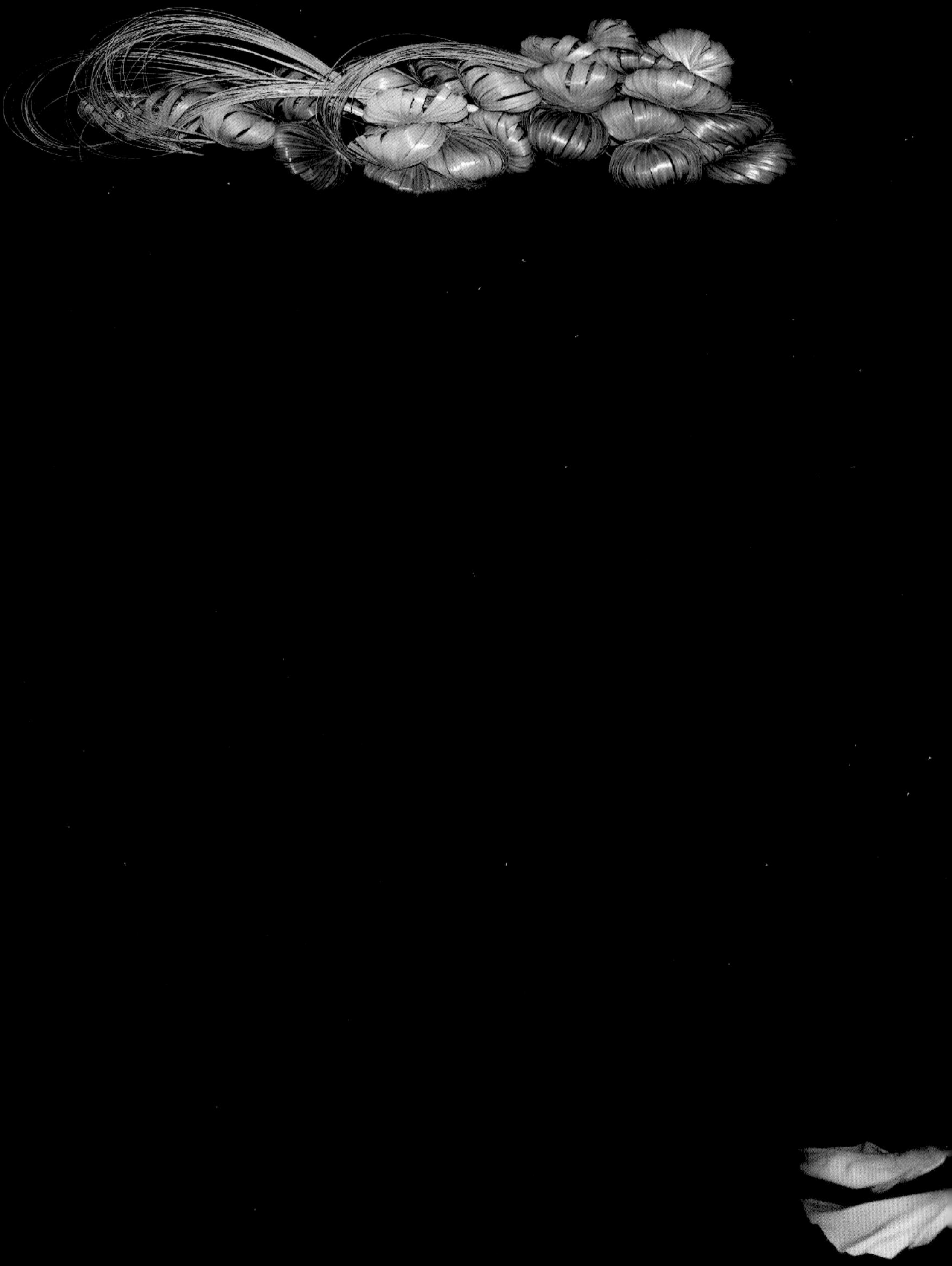

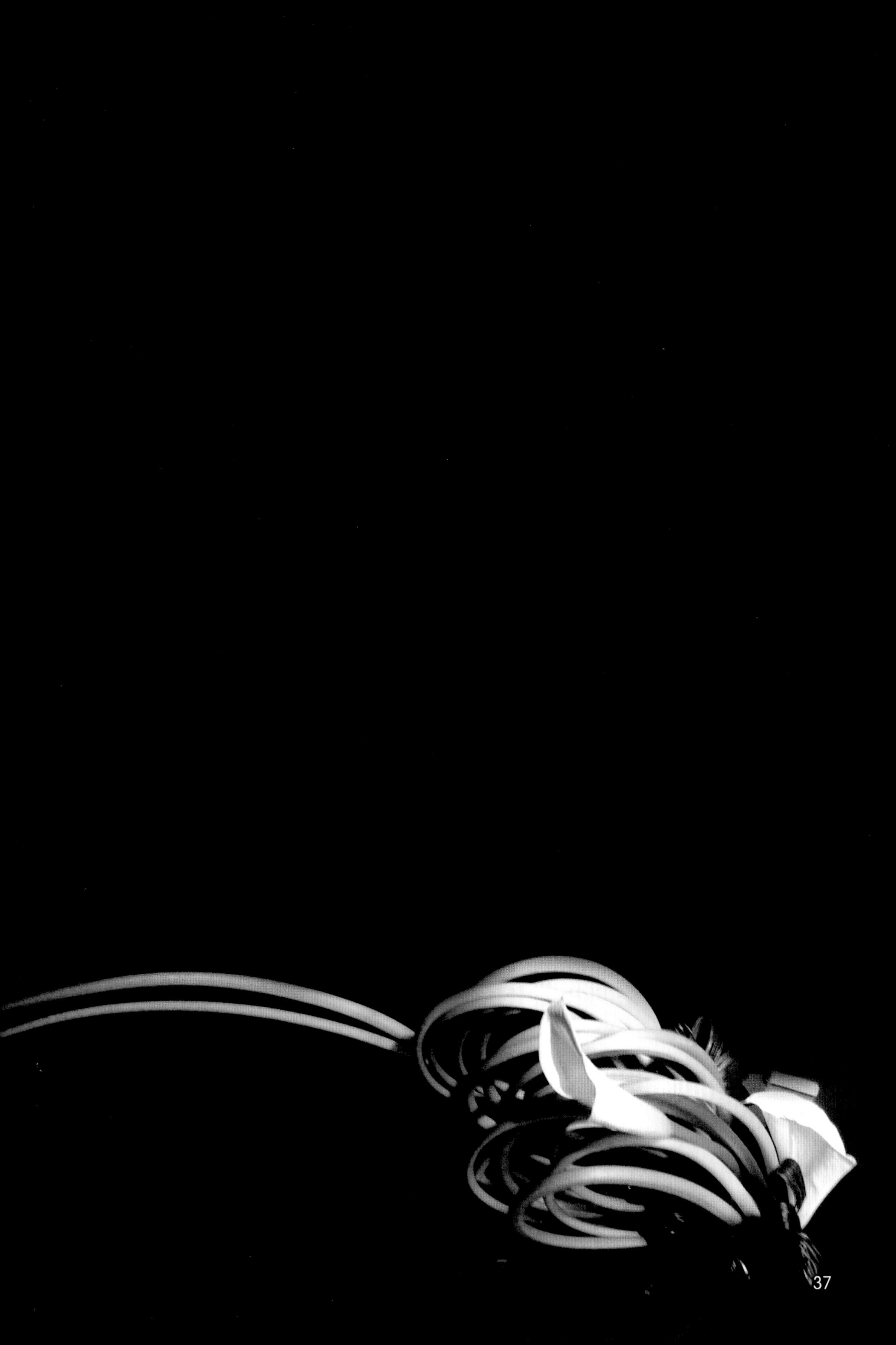

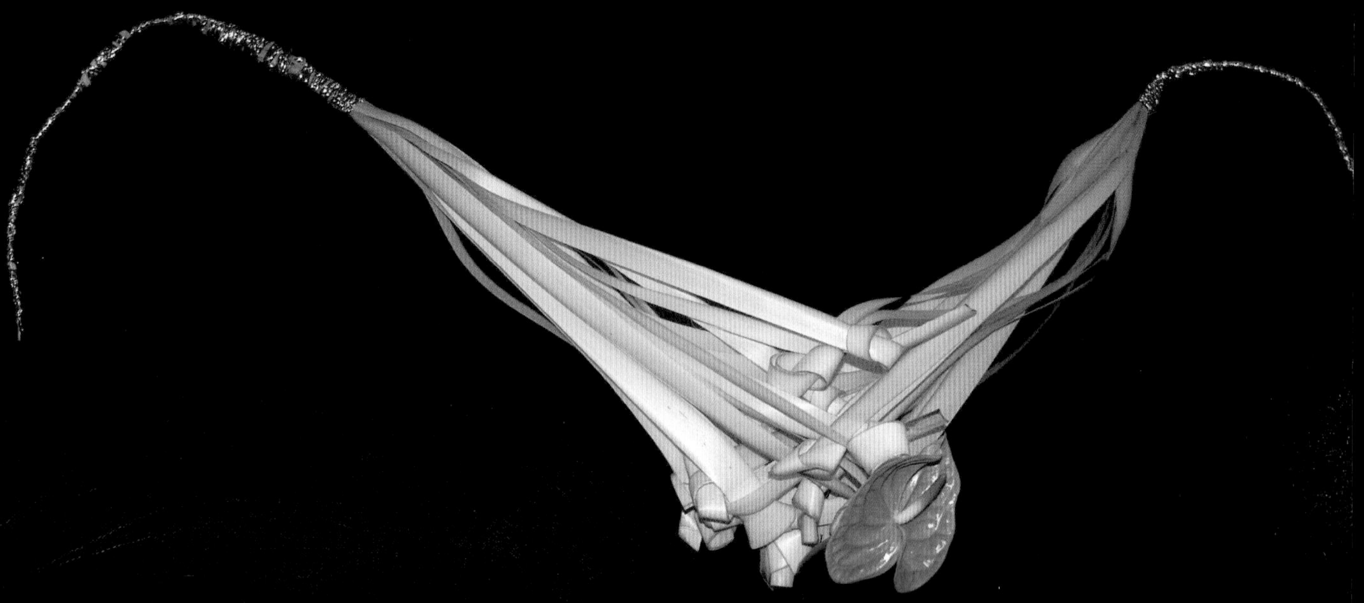

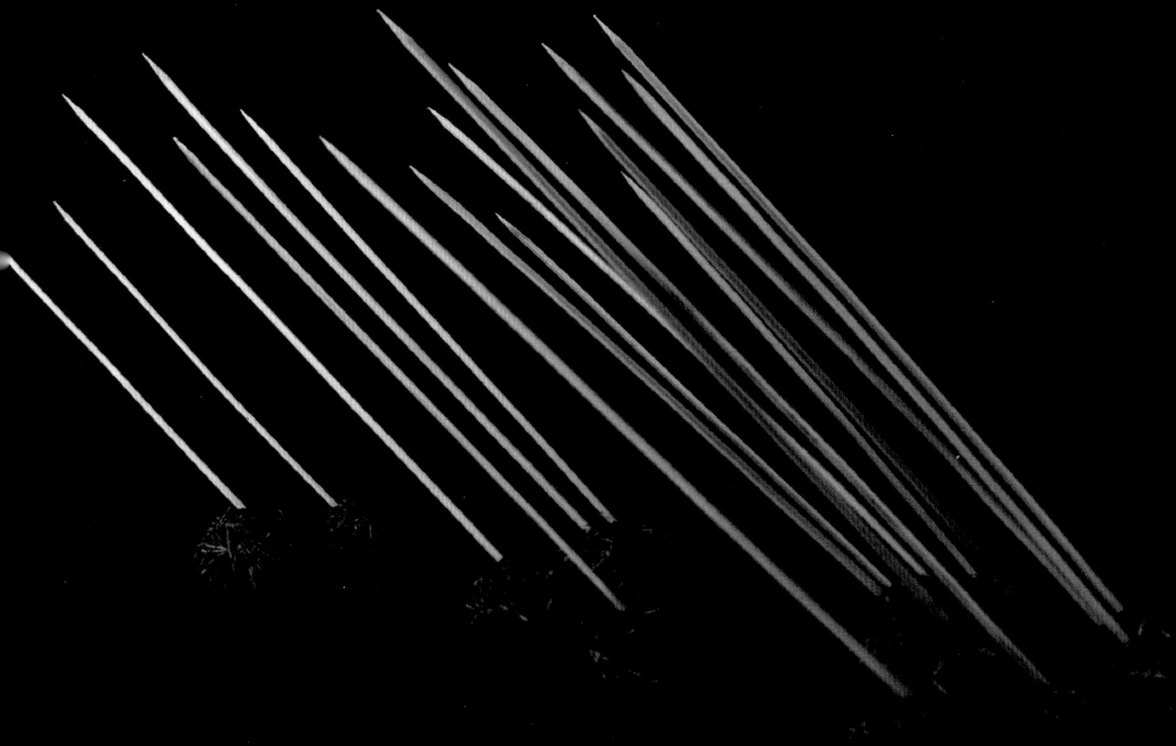

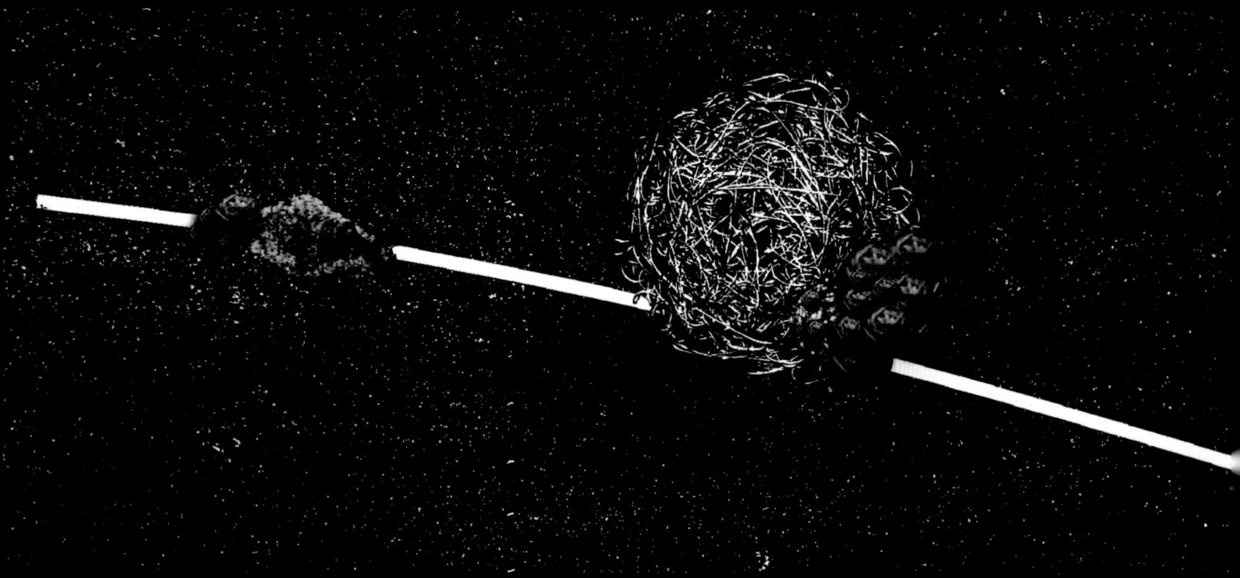

花悟

立体架构在花艺中的应用

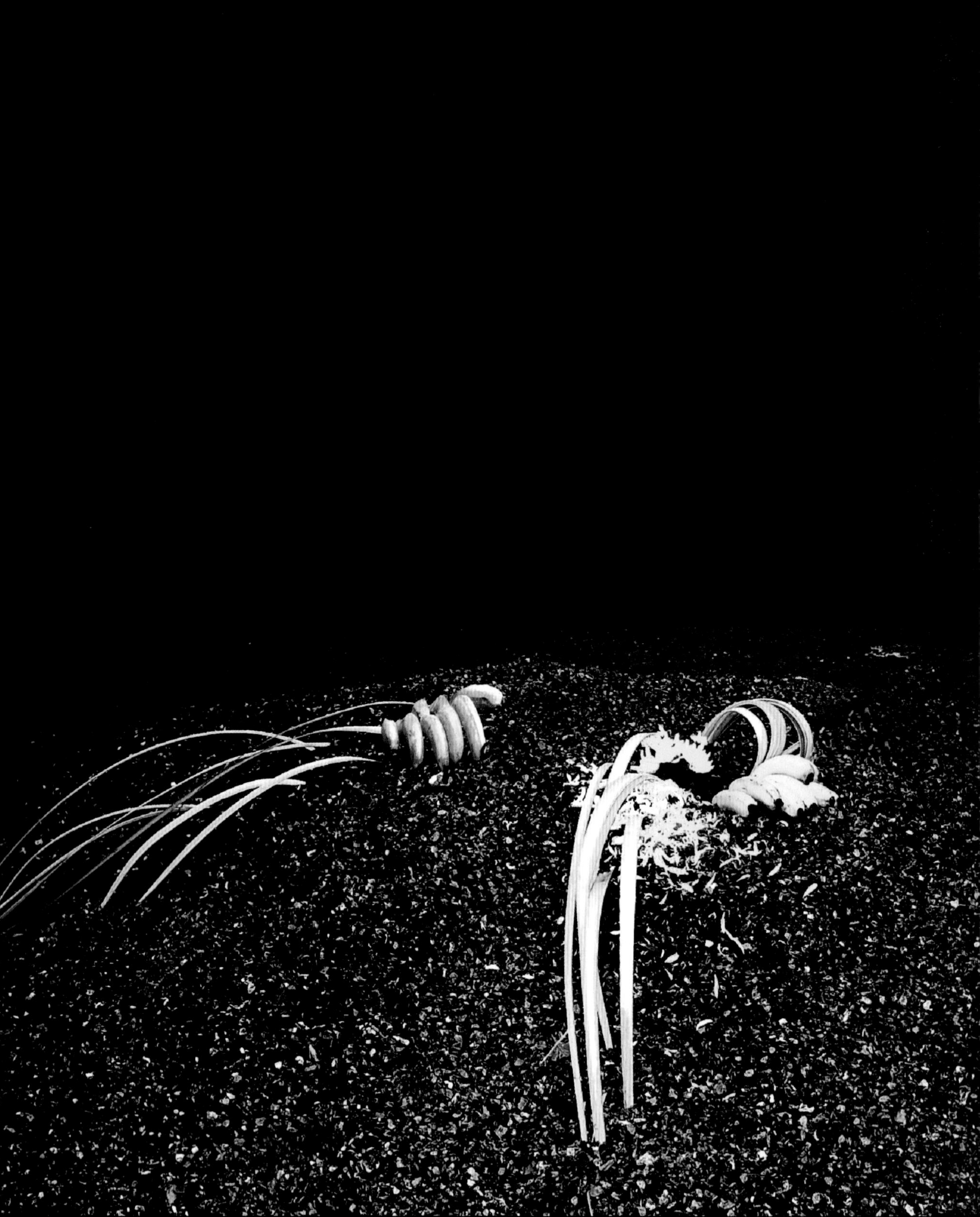

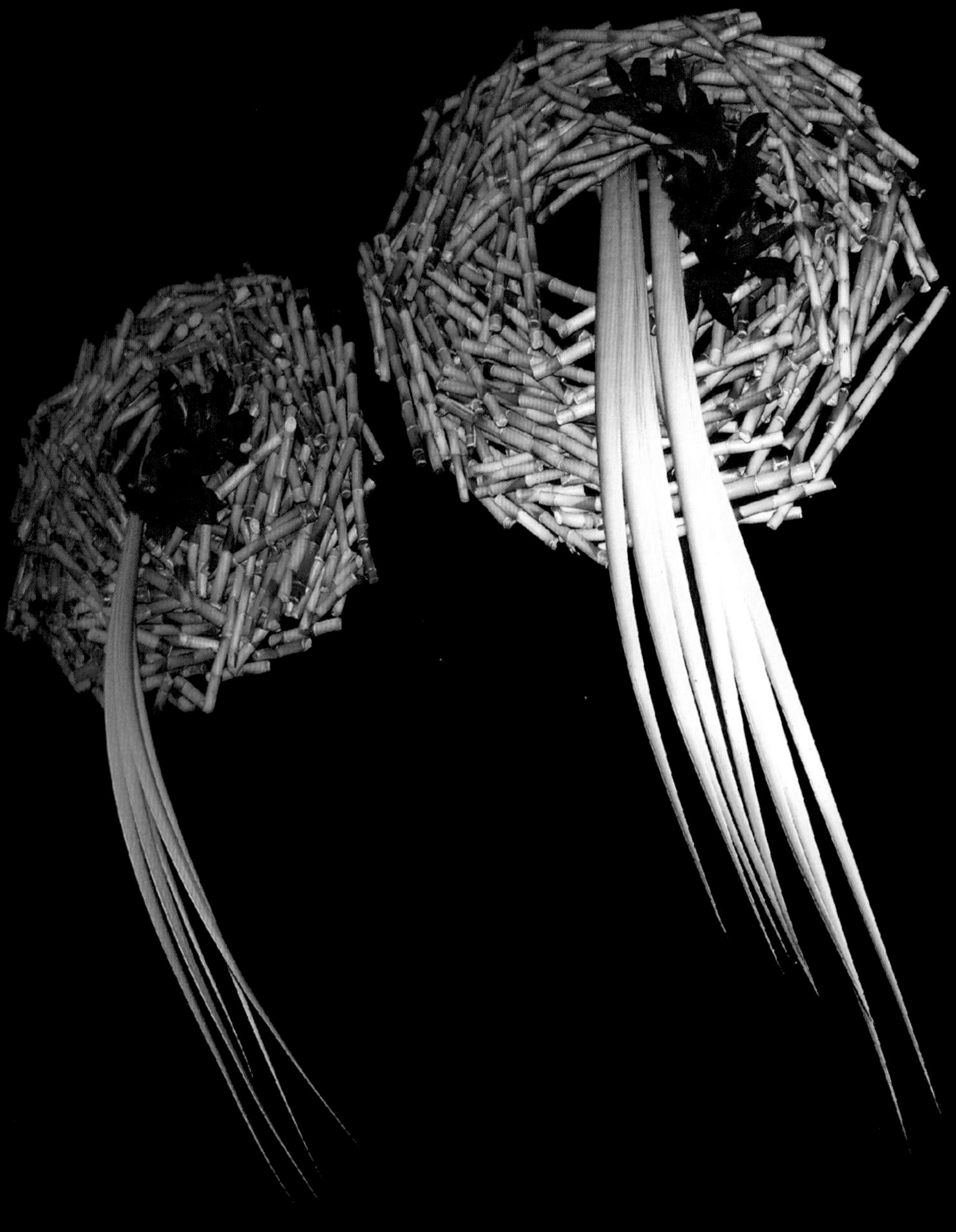

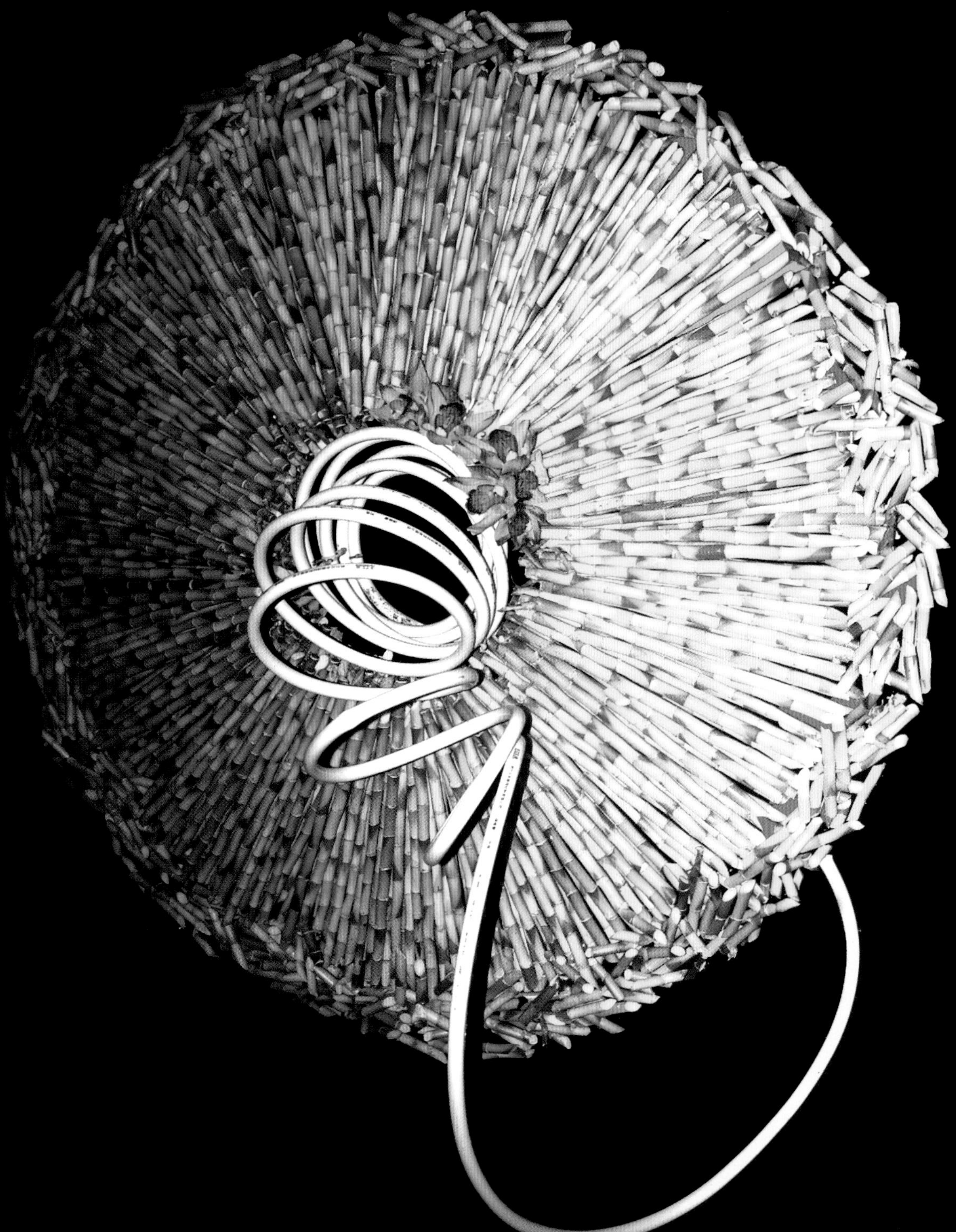

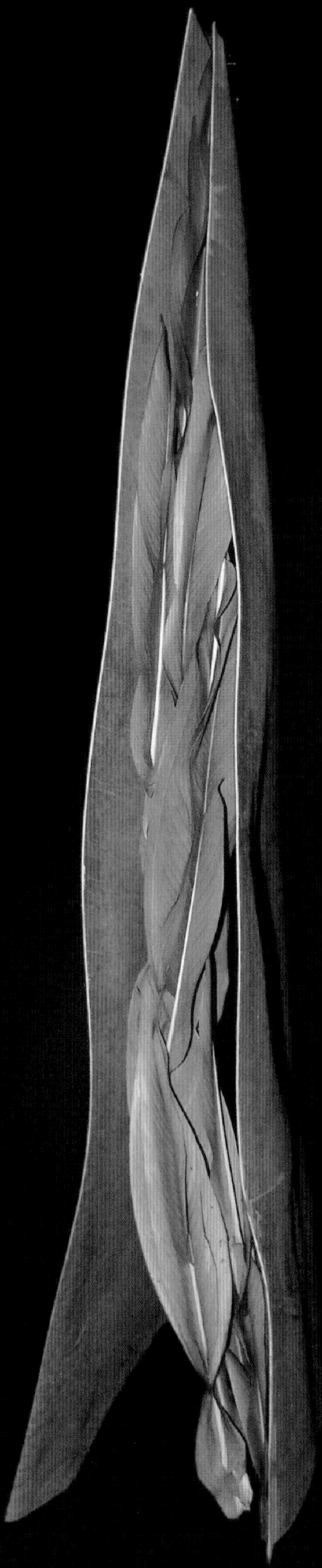

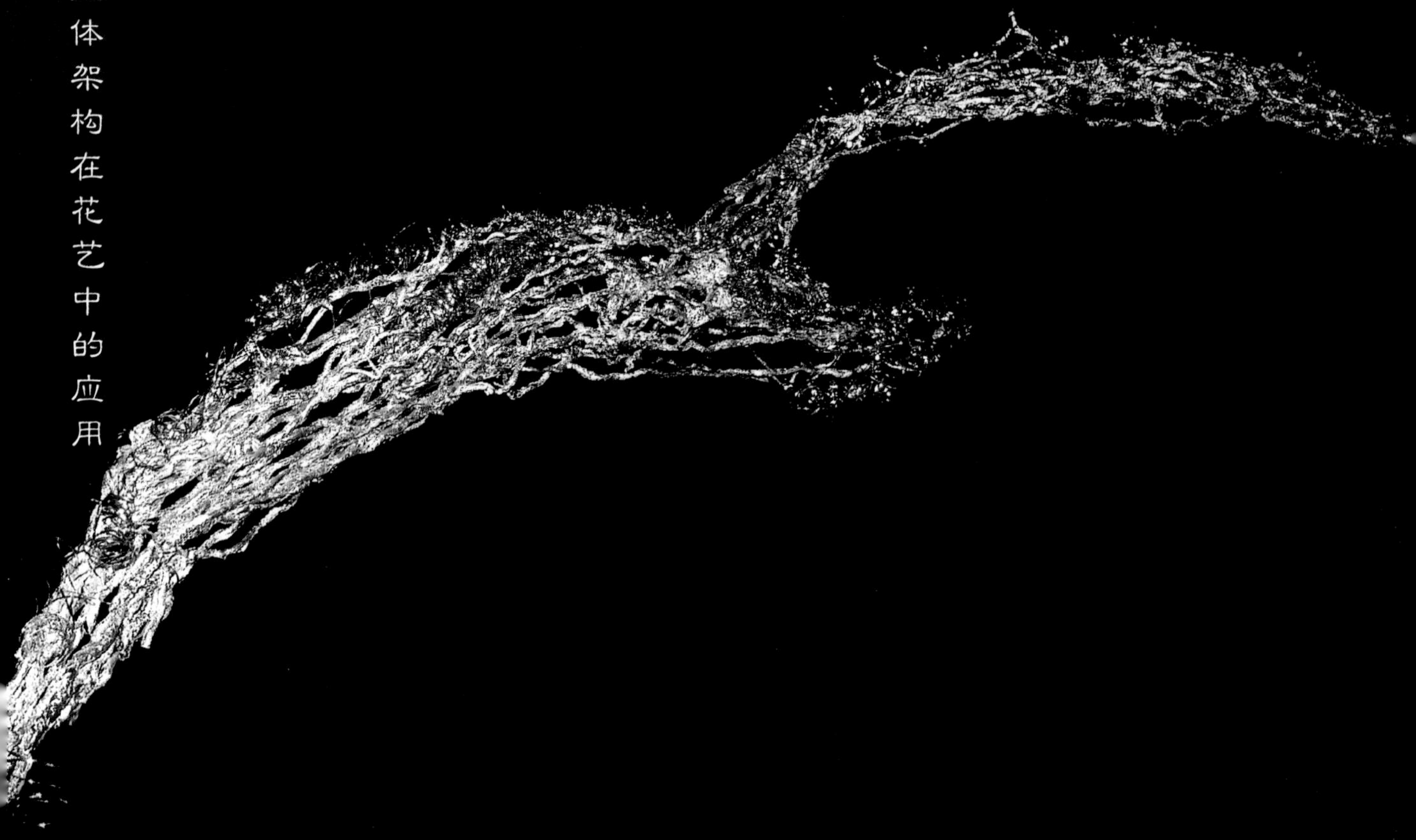

立体架构在花艺中的应用

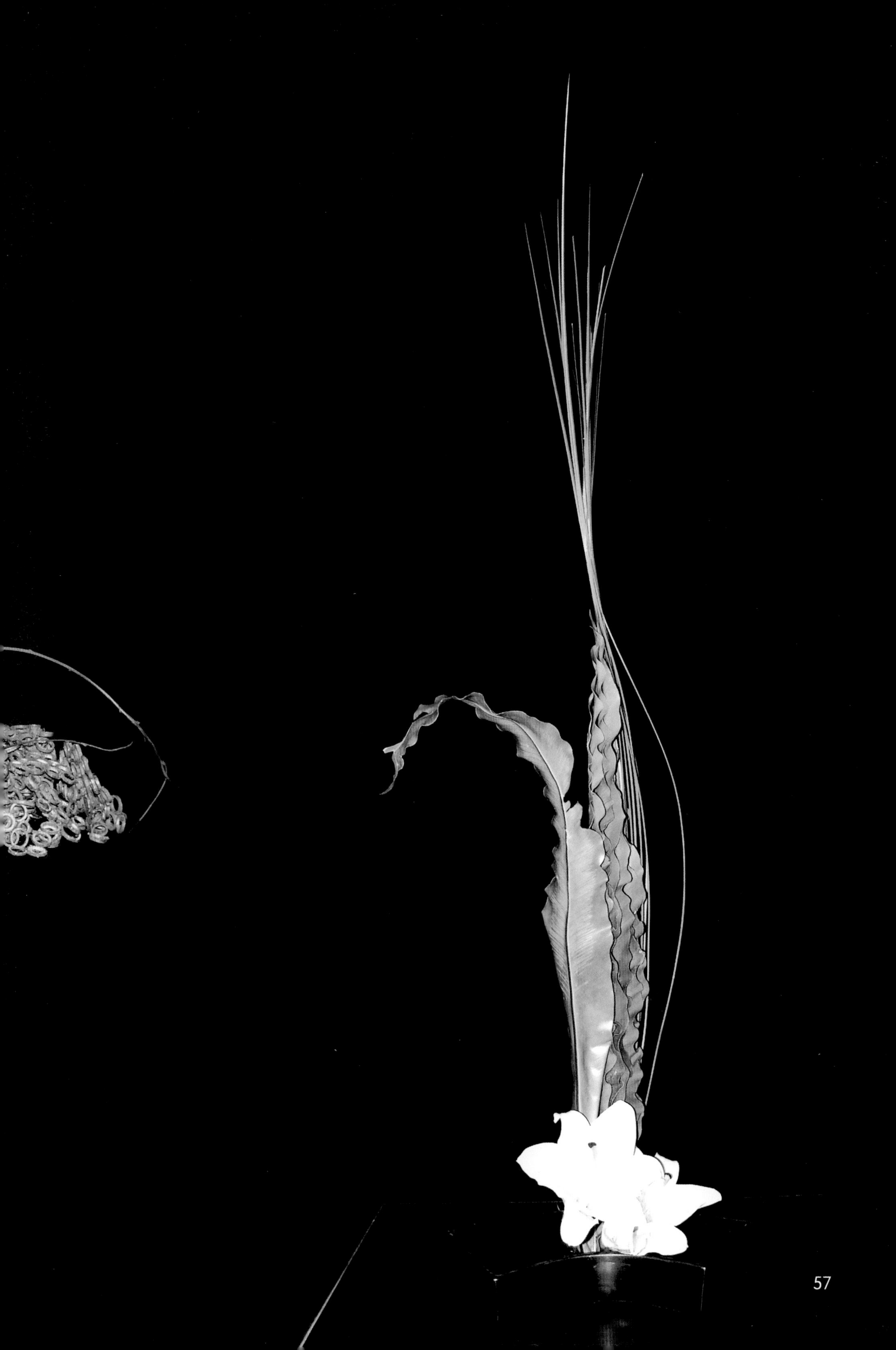

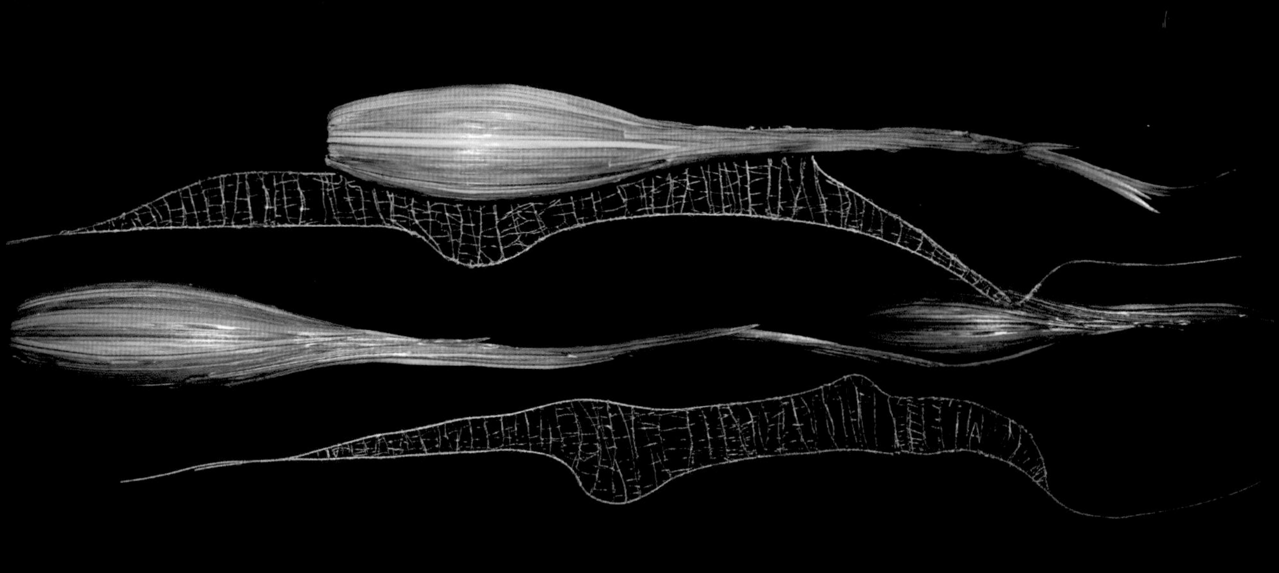

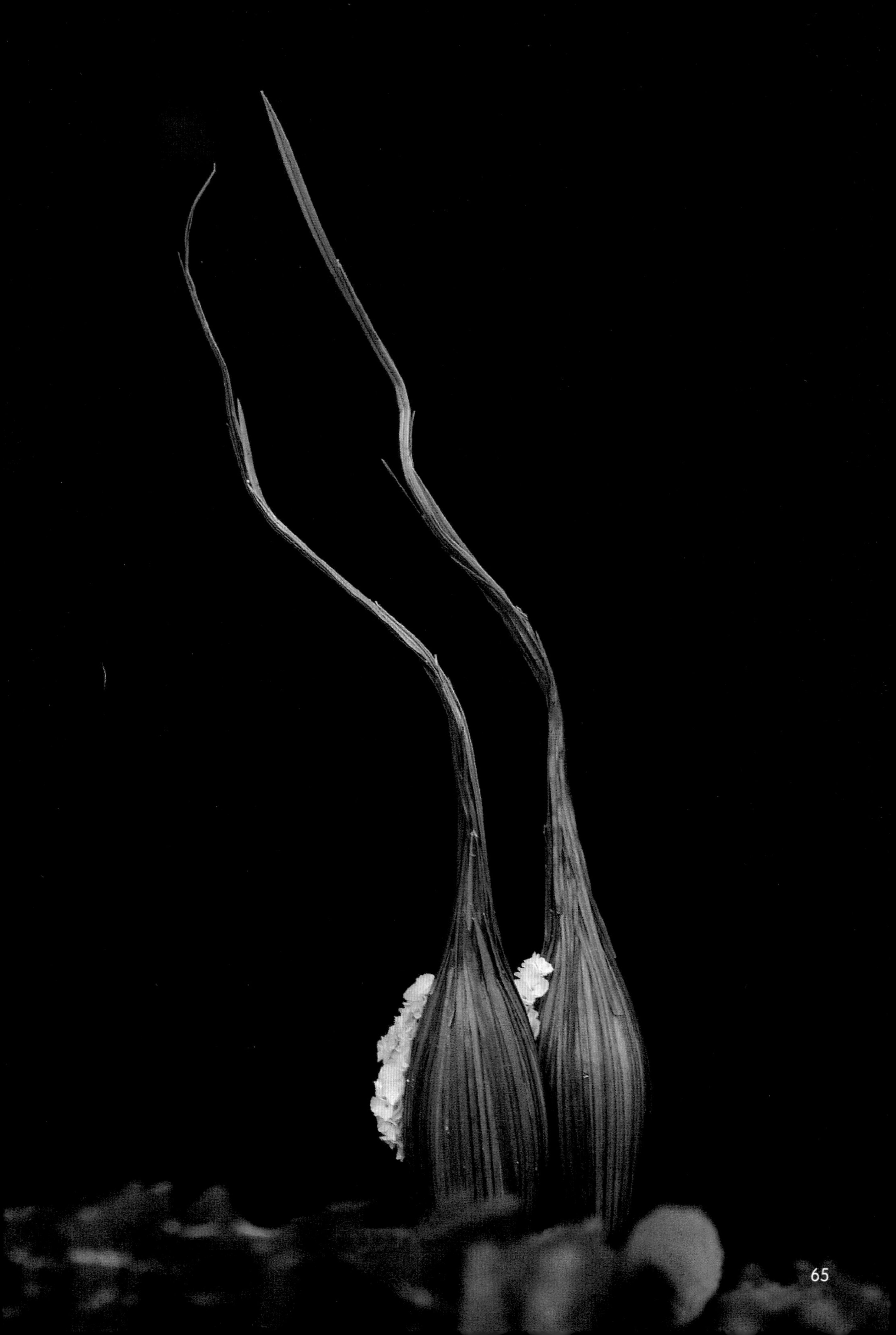

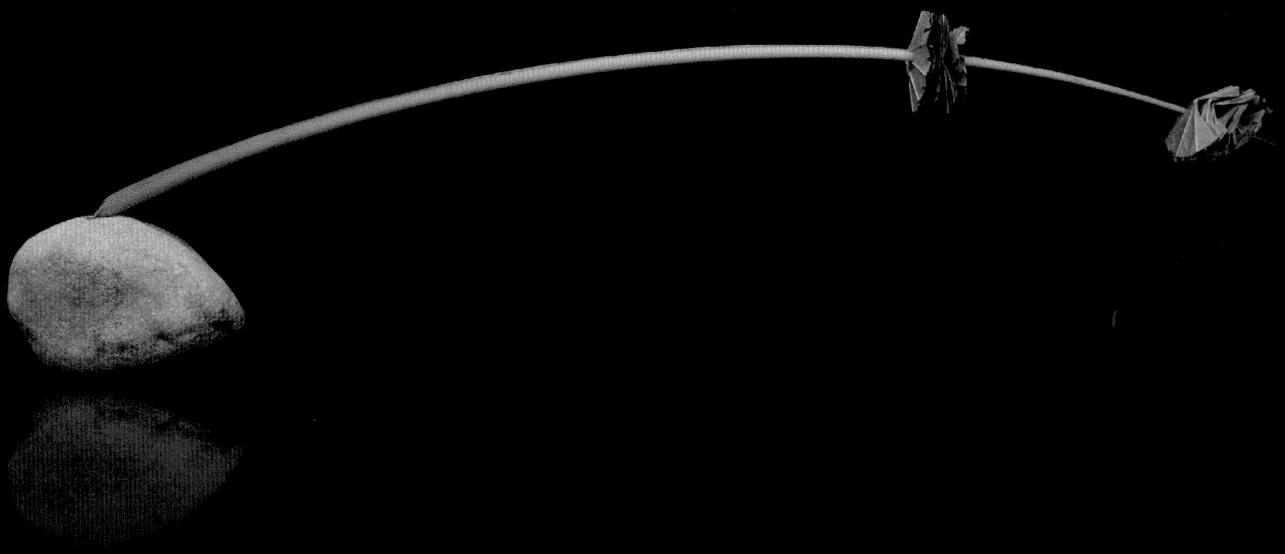

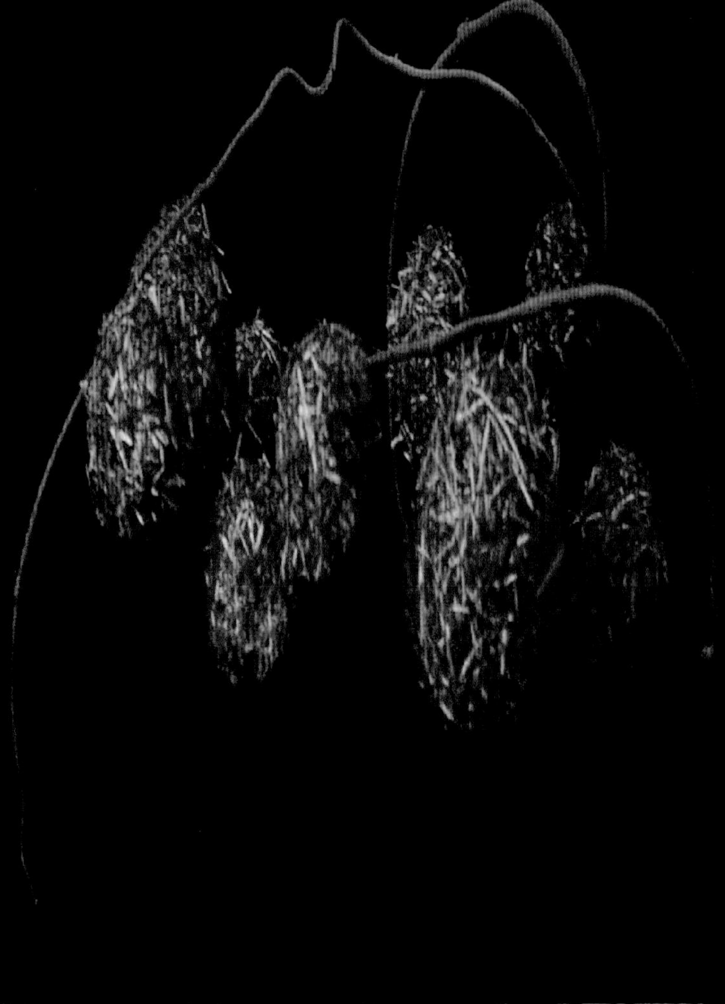

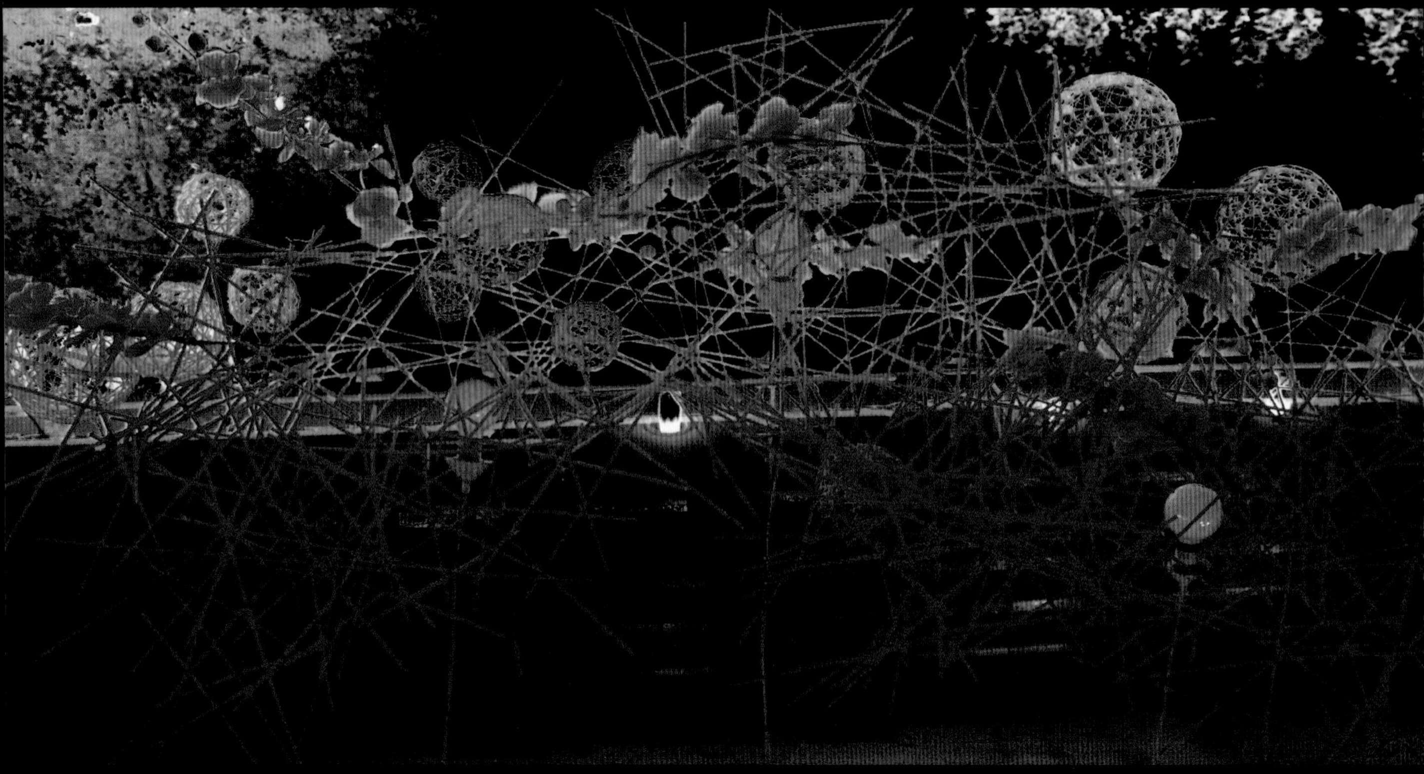

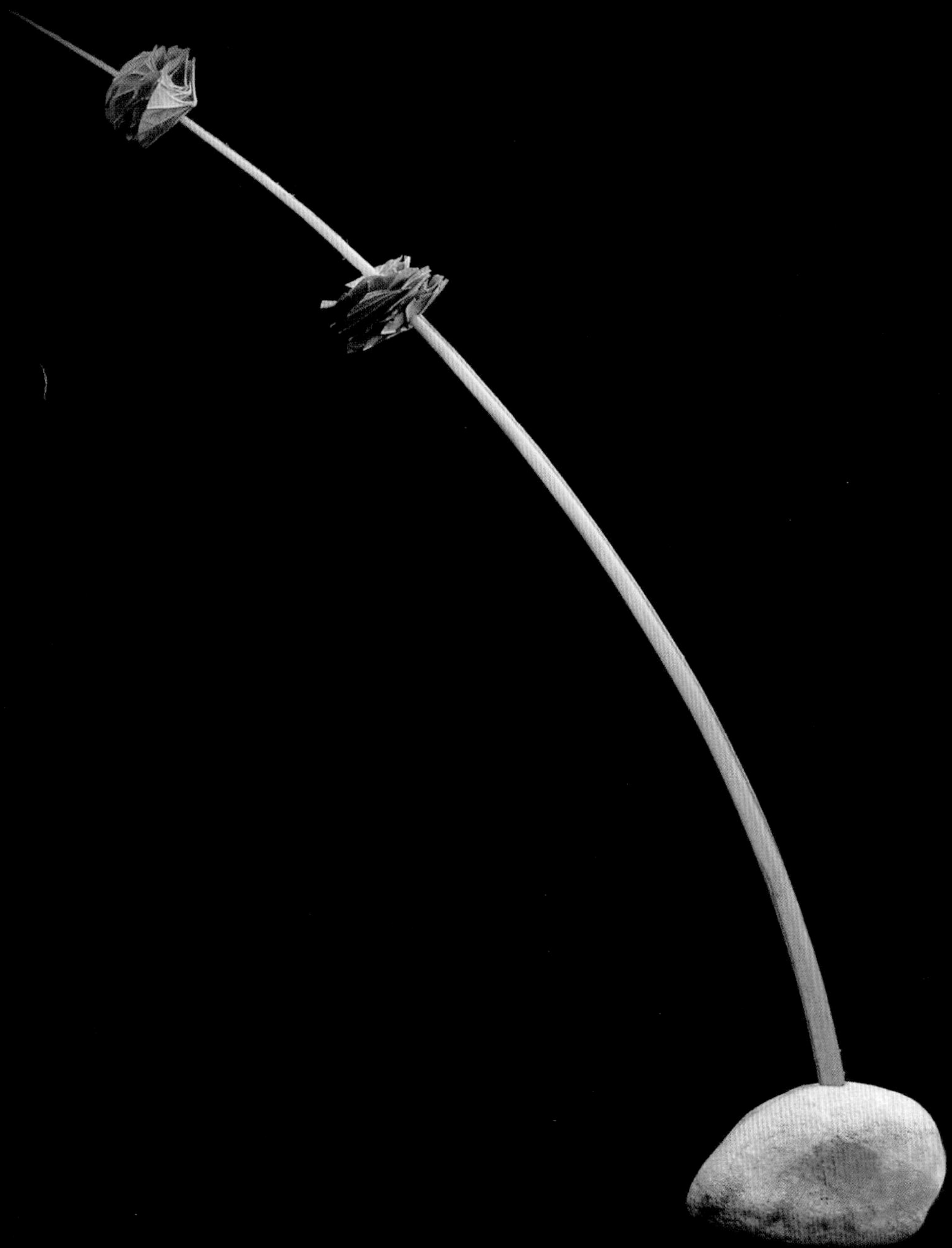

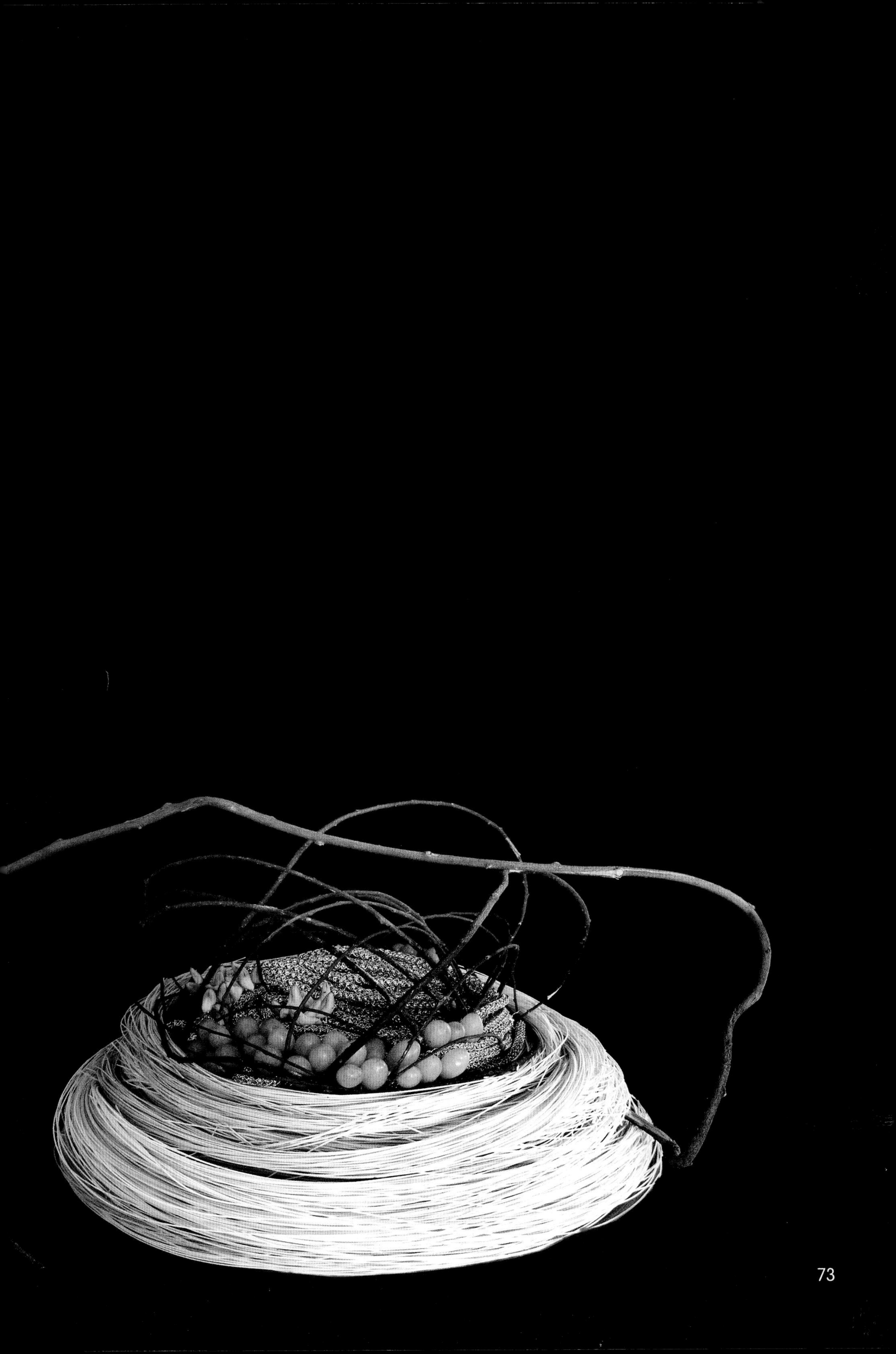

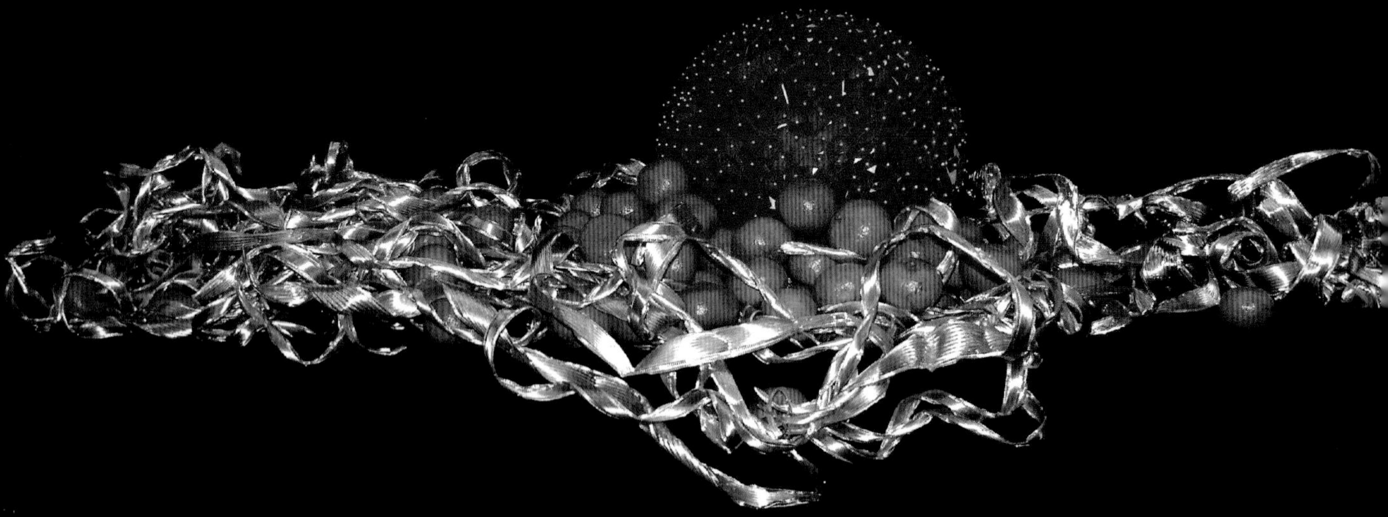

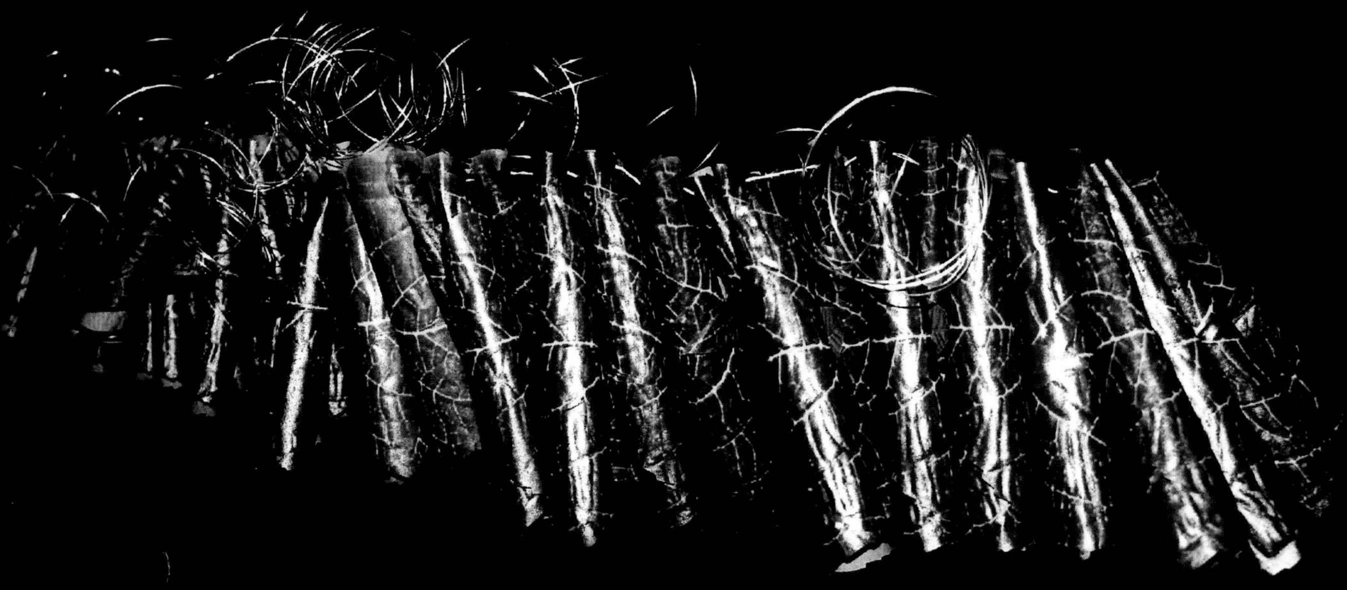

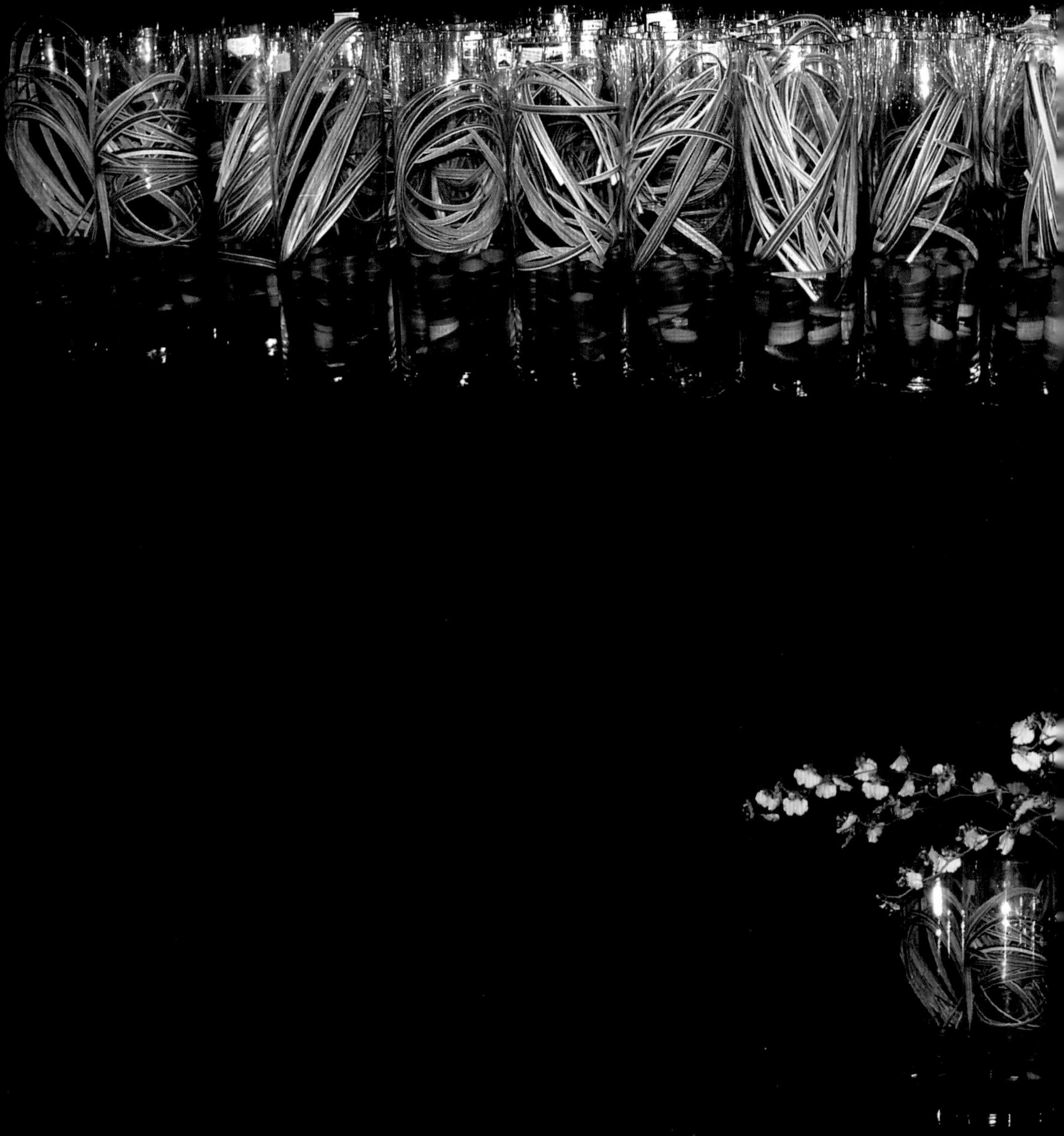

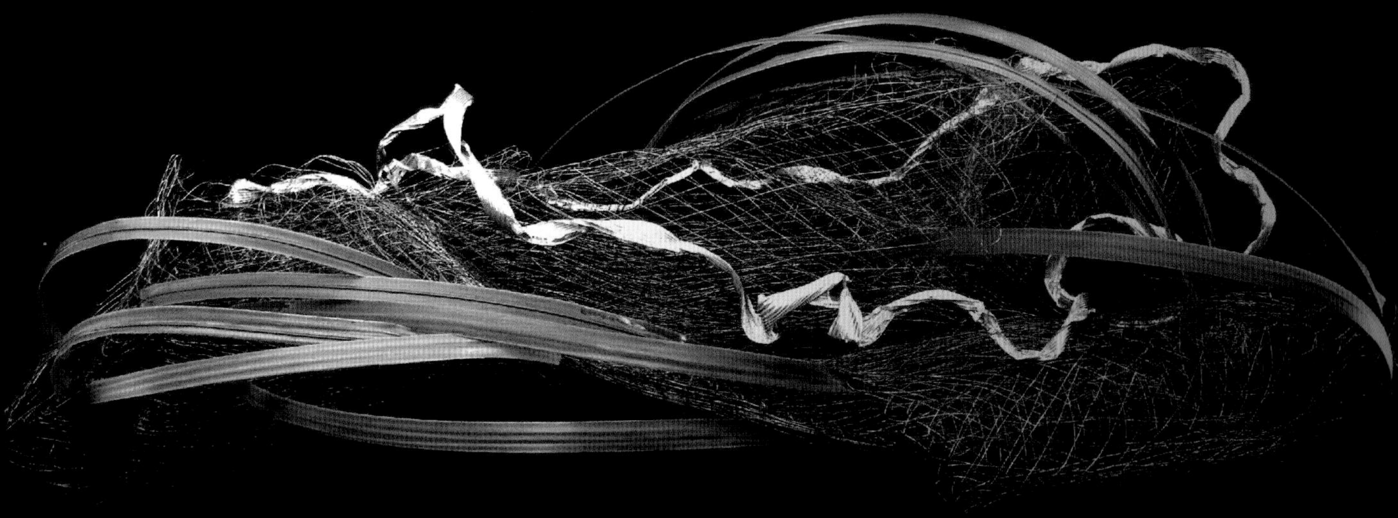

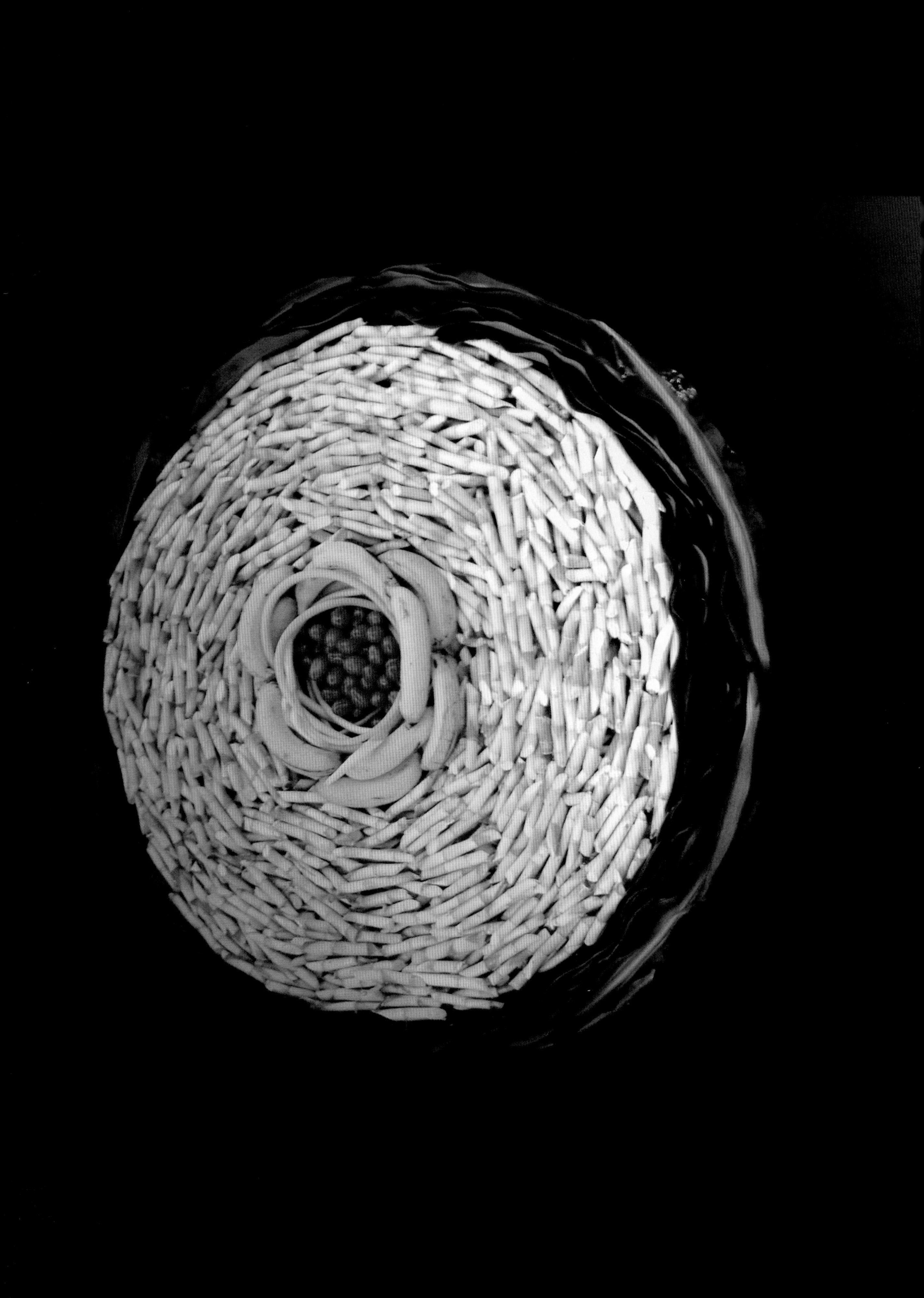

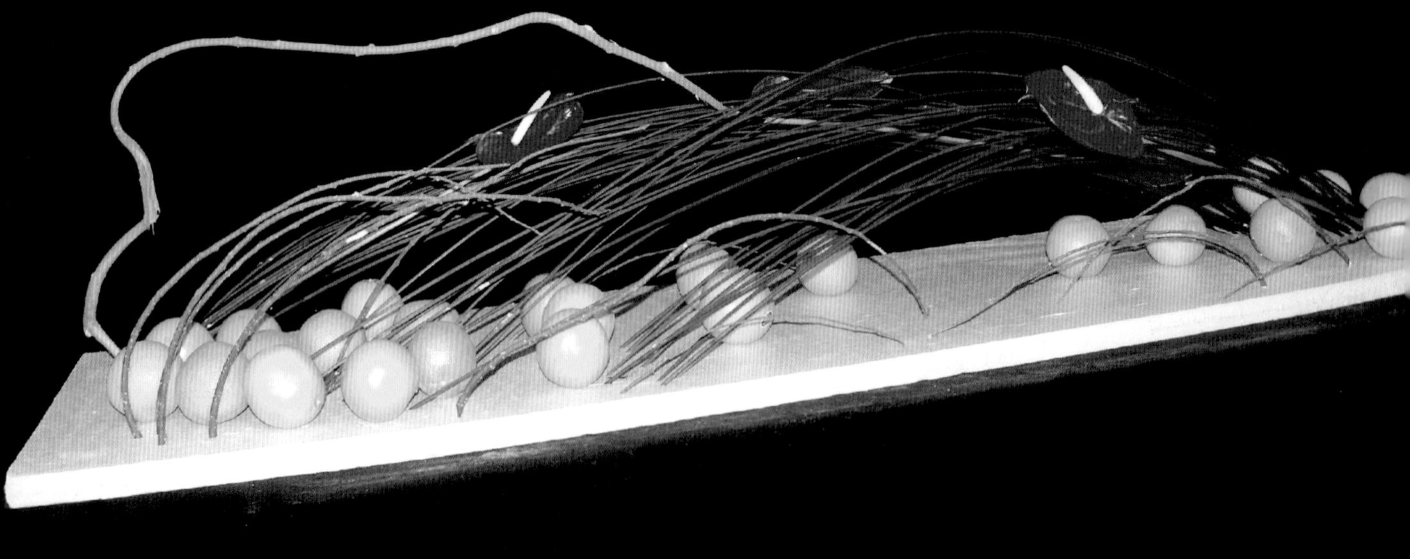

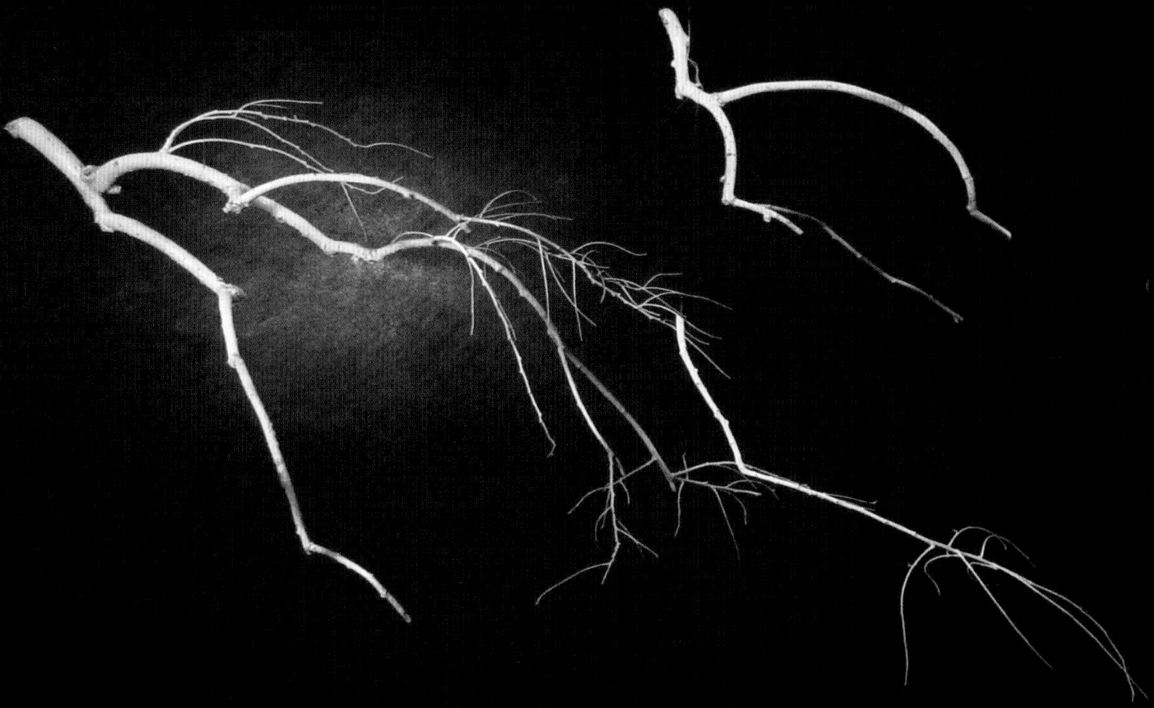

立体架构在花艺中的应用

花悟

立体架构在花艺中的应用

立体架构在花艺中的应用

立体架构在花艺中的应用

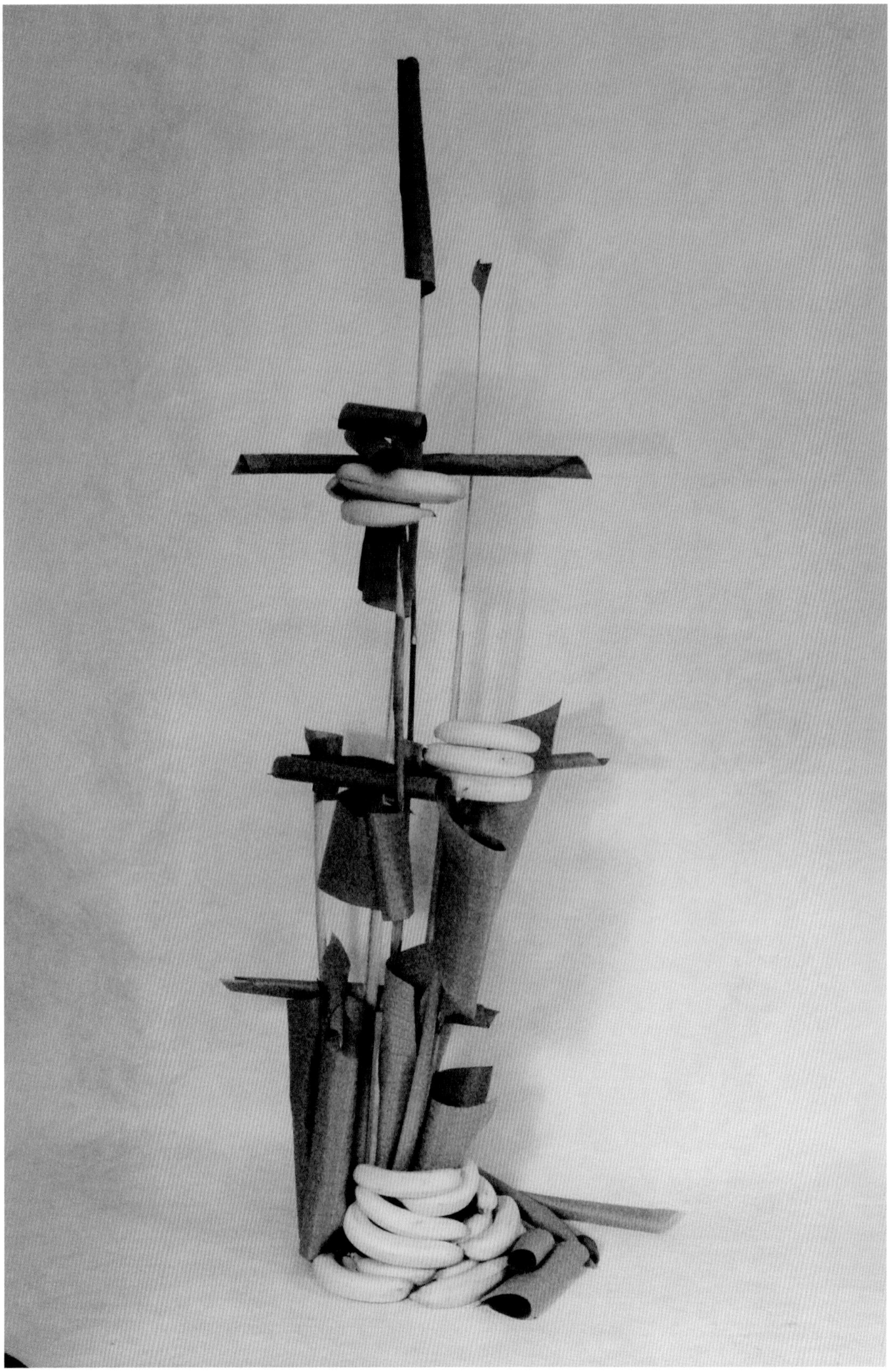

立体架构在花艺中的应用

立体架构在花艺中的应用

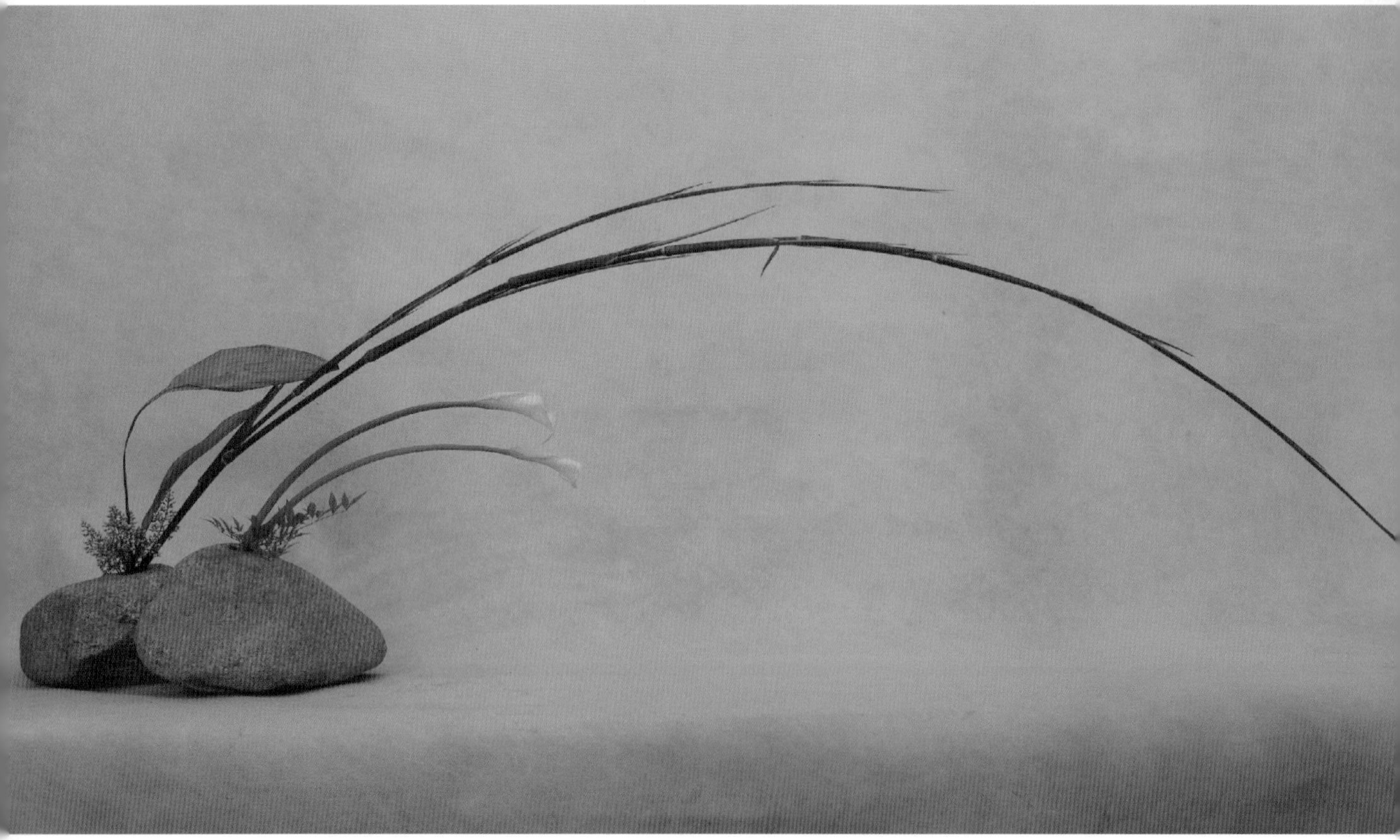

立体架构在花艺中的应用

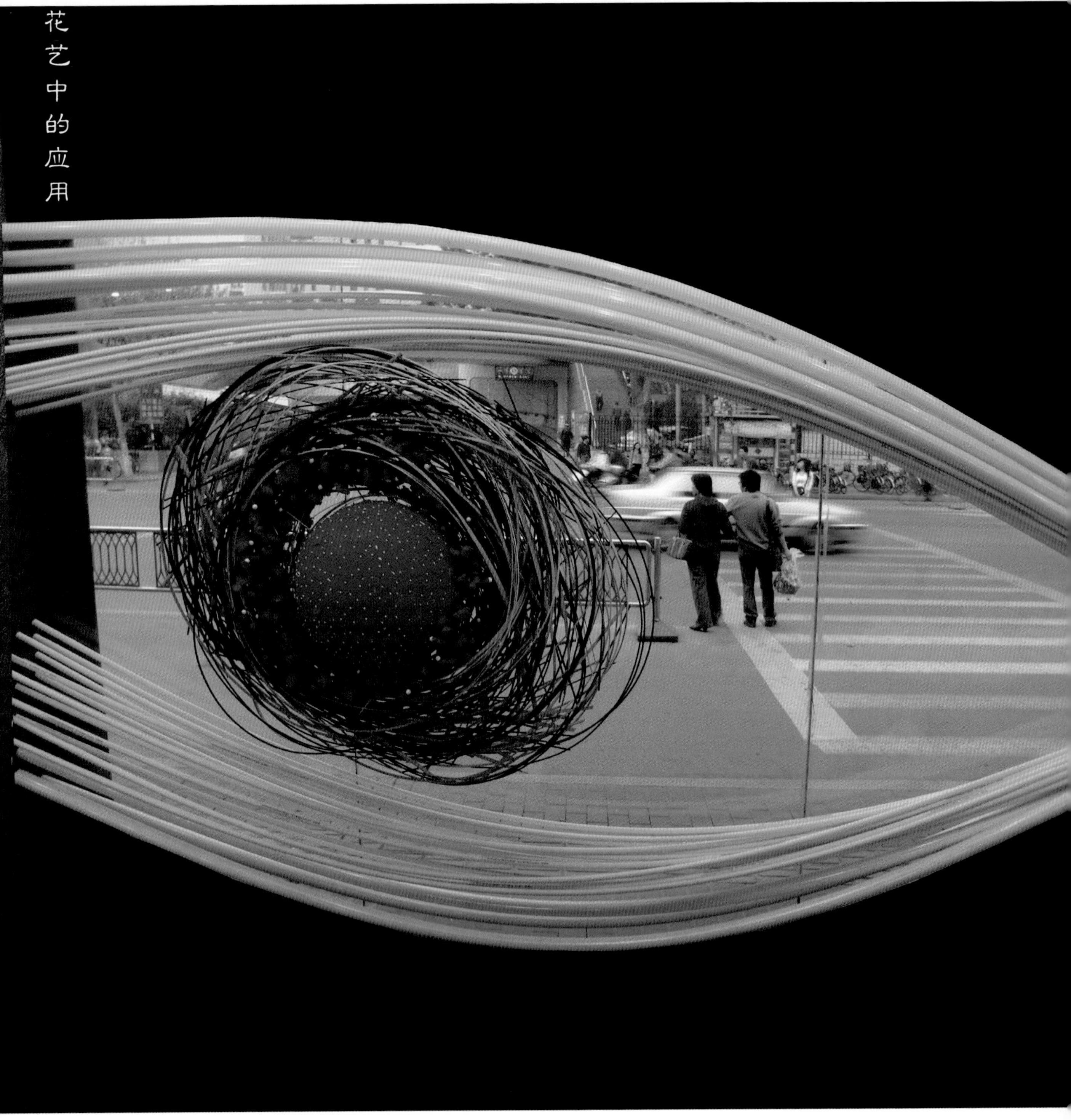

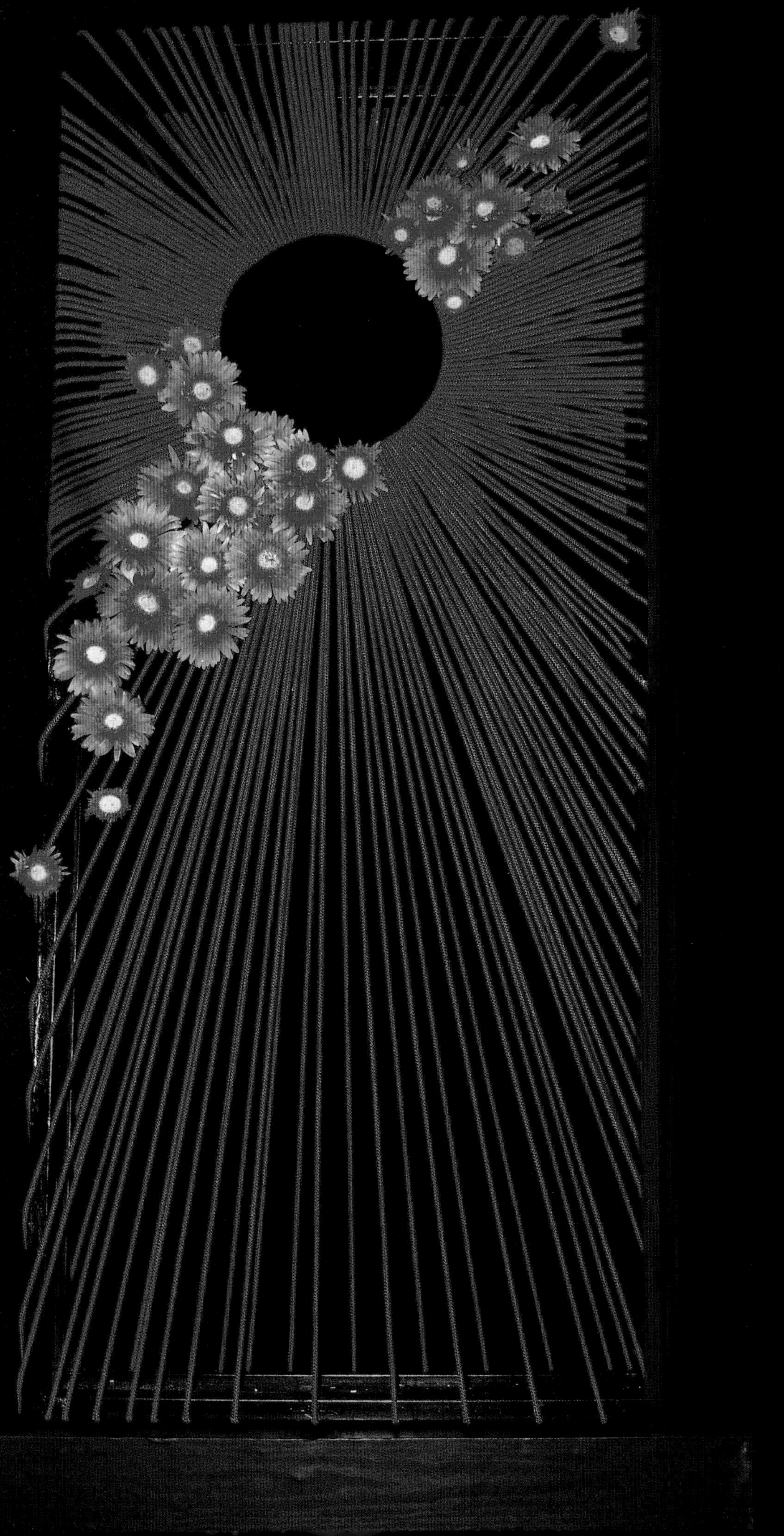

立体架构在花艺中的应用

立体架构在花艺中的应用

作品索引

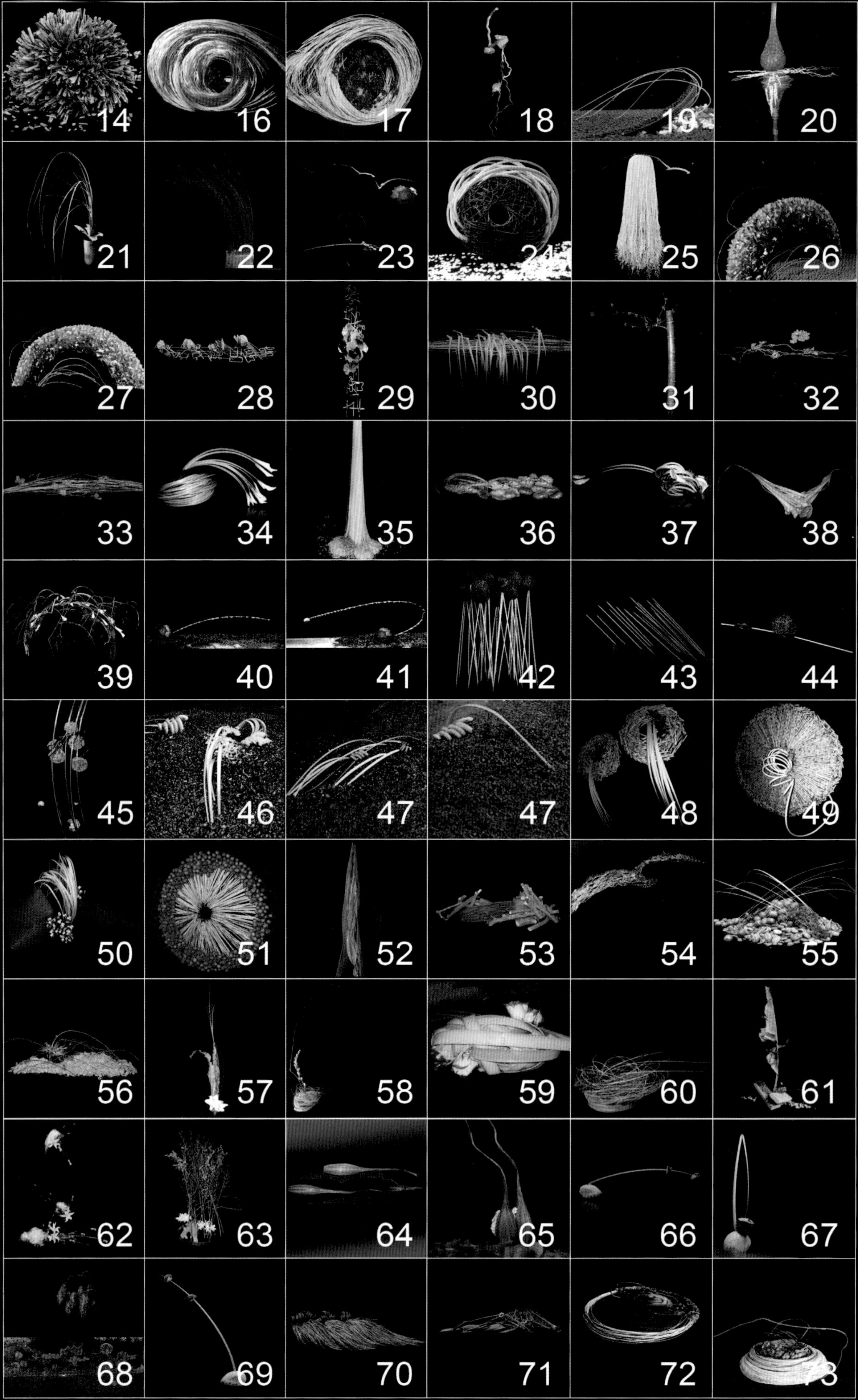
14
16
17
18
19
20
21
22
23
24
25
26
27
28
29
30
31
32
33
34
35
36
37
38
39
40
41
42
43
44
45
46
47
47
48
49
50
51
52
53
54
55
56
57
58
59
60
61
62
63
64
65
66
67
68
69
70
71
72
73

74
75
76
77
77
78
79
79
80
81
82
82
83
84
86
87
88
89
92
95
96
97
98
99
100
101
102
103
104
105
106
107
108
109
110
111
112
113
114
116
118
120
122
123
123
124
124
125
126
128
129
130
131
132
133

后 记

现代插花艺术已成为世界潮流、成为一个国家或地区的文明发达程度的一个标志。同时，插花艺术也成为人们社交活动中不可缺少的一种造型艺术。现在是一个瞬息万变的时代，时代在变，人们的思想在变，审美观在变。插花的形态与风格随着东西方文化的交流，界限已被打破，很难明确分出东方花艺或西方花艺。无论何种形式的花艺作品都是立体的形态，美的形态是属于民族的、世界的、人类共有的形态，我们应该就其现实形态进行共同研究探讨。本书向大家展现了百余幅作品，对当前的东西方花艺的分类进行了个人大胆的新的论述，提出了新的概念。这样的界定与论述，不能也不可能完全与大众观点一致，许多个人观点不一定符合共识，由于个人能力有限和水平的不足肯定存在某些不完善的地方，敬请诸位老师、学者留下您的宝贵建议！我们的网址是 www.dshyw.com。

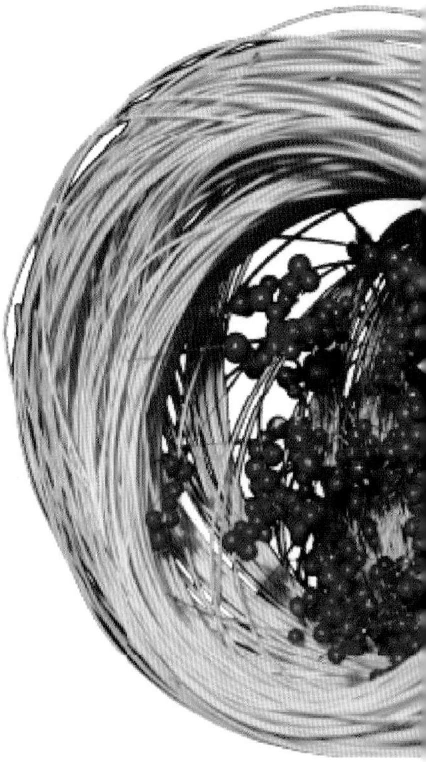